新潮文庫

ヘッセ詩集

高橋健二訳

新潮社版

144

目次

『夜の慰め』（一九二九年）とその前後

『新詩集』（一九三七年）とその前後

ヘッセ詩集

プロローグ

この詩集を持つ友に

もう伝説のようになっている少年のころから
私を動かし喜ばしたことのあるものを、
考えたことや、夢みたことや、
祈りや、求愛や、嘆きなどにちなむ、
たまゆらな、色とりどりの落ち穂を、残らず、
あなたはこのページの数々に見出《みいだ》します。
それが好ましいものか、無益なものかは、
あまりむきになって問わないことにしましょう——
やさしく受入れて下さい、この古い歌を！

私たち、年とったものにとっては、
過ぎ去ったものの中にたたずむことは許されており、慰めにもなります。

この数千行の詩句の背後には
一つの命が花咲いているのです。かつてはそれは甘美だったのです。

こんなつまらないものにかまけたことを
追及されたとしても、私たちは、
今夜飛んだ飛行士よりも、
血にまみれた痛ましい大軍よりも、
この世界の偉大な支配者たちよりも、
かるがると自分の荷物を背おっているでしょう。

Einem Freunde mit dem Gedichtbuch. 1942.

『処女詩集』（一九〇二年）とその前後

告　白

私の友だちは、だれか?――
大洋の上空にまよった渡り鳥、
難破した船のり、羊飼いのいない羊の群れ、
夜、夢、ふるさとを持たぬ風など。

私があとにして来た道ばたに、
こわれた寺院や、荒れ放題で
夏のように茂った蒸し暑い愛の庭がある。
しおれた愛の身振りの女たちがいる。
八重の潮路がある。

それらは、声もなく、跡もなく横たわっている。
沈んでしまったものを、だれも知らない。
王冠も、栄華の時も、

キヅタにからまれた友のひたいも。

それらは私の歌に揺られて横たわり、
夜ごと私の夜の中に青ざめた姿をほのかにあらわす、
私のやせた右手がせわしく
鉛筆で私の命をかきまわすと。

私はついぞ目標に達したことがない。
私のこぶしはついぞ敵を圧倒したことがない。
私の心はついぞ満ちたりた幸福を味わったことがない。

Geständnis

私は星だ

私は大ぞらの星だ。
世界を見つめ、世界をあなどり、
自分の熱火に焼け失《う》せる。

私は、夜ごとに荒れる海だ。
古い罪に新しい罪を積みかさねて、
きびしいいけにえをささげる嘆きの海だ。

私はあなた方の世界から追われ、
誇りに育てられ、誇りにあざむかれた。
私は、国のない王さまだ。

私は無言の情熱だ。
家ではかまどがなく、戦争では剣を持たない。
自分の力のために病んでいる。

Ich bin ein Stern

村の夕べ

羊をつれた羊飼いが、

静かな小路《こみち》を通ってはいって行く、
家々は眠たげで、
もうたそがれ、居ねむりしている。

私はこの村の中で、
いまただひとりの異国人だ。
悲しみ痛む私の胸は
あこがれの杯を底まで飲みほす。

道がどこに私を連れて行っても、
どこにでもなつかしいかまどの火が燃えていた。
ただ私はついぞ、自分のふるさと、
自分の国というものを感じたことがない。

Dorfabend

私はおまえを愛するから

私はおまえを愛するからこそ、夜
こんなに狂おしくおまえのところに来て、ささやくのだ。
おまえが私を決して忘れることのできないように、
私はおまえの魂を持って来てしまった。

今はもうおまえの魂は私のもとにあり、すっかり
私のものになっている、よきにつけ、悪《あ》しきにつけ。
私の狂おしい燃える愛から
どんな天使もおまえを救うことはできない。

Weil ich dich liebe

はかない青春

疲れた夏が頭を垂れて、

湖に映った自分の色あせた姿を見る。
私は疲れ、ほこりにまみれて歩く、
並木路《なみきみち》の影の中を。

ポプラの間をおどおどした風が吹く。
私の後ろの空は赤い。
私の前には、夕べの不安と、
——たそがれと——死とが。

私は疲れ、ほこりにまみれて歩く。
私の後ろには、青春がためらいがちに立ちどまり、
美しい頭をかしげ、
これから先はもう私と一しょに行こうとしない。

Jugendflucht

ヴァイオリンひき

野をわたるどんなざわめきにも
私はきき耳をたてて、あとを追う、
あこがれたずねながら、一心不乱に、
そのたぐいない音に親しむまで。

それから私の指はその基調を弦《げん》の上に
さぐり求め、傷つくほど苦心する。
たそがれの音にならってかなで、
たぐいない微妙な調べを会得《えとく》するまで。

私の胸の中の悲しみの一つとして、
私の夢の中の郷愁のまとの一つとして、
明るみに出て、私の弾奏の
飾りやあやにならないものはなかった。

ため息も、口づけも、愛のことばも、
友だちが友だちに言うことも、
私は否応《いやおう》なしに、私の気持に従わせ、
かなでながらふさわしい役をさせる。

私はほほえみながら弓をあちこちに動かし、
私の血のにじむ命をかなでる。
そしてだれも現わさなかったものを現わす――
だが、いくらひいても、私はもう楽しくなれない。

Der Geiger

野を越えて

空を越えて、雲は行き、
野を越えて、風はよぎる。
野を越えてさすらうのは、

私の母の迷える子。

ちまたを越えて木の葉は飛び、
木立ちの上に鳥は鳴く——
山のあなたのどこかに
私の遠いふるさとはあるに違いない。

Über die Felder

飲む人

幾夜も、ひたいをあつい手に埋めて、
私は眠りもやらず書物に向ってすわりすごした。
求めるものを私は見出《みいだ》さなかった。
見出したものは、それから幾年も忘れていた。

幾夜も、口びるをあつく燃えあがらせて、
私はそれから美しい女たちの遊び仲間になった。

そして恋のなぞを知った、
燃えさかる歓楽と戦慄《せんりつ》を同様に豊かに味わって。

幾夜も、物思いにふけって
私はいまただひとりすわり、自分が
陶酔とブドウ酒の混乱した夜に沈むのを感じる。
そのあかりが幽霊のように私をさし招く。

私の久しいあいだ追い求めた知恵や
ことばや歌が心の中で熟するのを感じる。
私はそれをそっと無言のまま
青いたそがれの中にさまよい出させる。

Der Trinker

黒い騎士

私は馬上黙々と試合から帰る。
私はあらゆる勝利の名を負っている。
私は貴婦人たちのさじきの前で身をかがめる、
低く。だが、だれも私をさし招かない。

深い音のわいて来る
立て琴の調べに合せて私は歌う。
立て琴ひきはみな黙々と耳をすましている。
だが、やさしい婦人たちは逃げてしまった。

私の紋章の黒い地には、
百の勝利に金色に輝きはえる
百の花輪がかけられている。
だが、恋の花輪が欠けている。

私の棺《ひつぎ》の前に騎士や歌い手が
身をかがめ、月桂樹《げっけいじゅ》とあおざめたソケイで
棺をおおうことだろう。
だが、一本のバラも私の棺を飾らないだろう。

Der schwarze Ritter

エリーザベト

語れ、とおっしゃるのですか。
夜はもうふけています——
あなたは私を苦しめようとなさるのですか、
美しいエリーザベトよ。

私が詩に歌い、
それに和してあなたが歌う、
私の恋物語は

今日こよいと、あなたとです。

邪魔をなすってはいけません。
韻が消えてしまいます。
間もなくあなたはそれをお聞きになるでしょう。
お聞きにはなっても、おわかりにならないでしょう。

Elisabeth. Ich soll......

エリーザベト

高い空に浮ぶ
白い雲のように
あなたは、白く、美しく、遥《はる》かです、
エリーザベトよ！

雲は行き、さまようのに、
あなたはほとんど気にとめない。

しかし、暗い夜中に
雲はあなたの夢に通うのです。

行く雲は銀色に輝くので、
その後は絶え間なく
あなたは白い雲に
甘い郷愁を寄せるのです。

Elisabeth. Wie eine weisse Wolk......

私は愛する……

私は、千年の昔、詩人たちに愛され
歌われた女性たちを愛する。
私は、うつろな城壁がそのかみの
王族の名残りをいたむ町々を愛する。

私は、今日の人たちがもうだれも地上に
いなくなった時よみがえる町々を愛する。

私は愛する——しなやかな、こよない、
生れずに年どしのふところに憩《いこ》う女性たちを。

彼女たちはいつか星のようにあお白い美しさで
私の夢の美しさに似るだろう。

Ich liebe Frauen......

だが、私の心は希望する……

私は拙《つたな》いものをたくさん書いた。
拙《つたな》いことをたくさんした。だが、
私の心はよい時にはたびたび、
私を愛してくれる人がまだいるように、と希望する。

その人たちは私を愛してくれる。私が
心の中に青春の似姿を抱いているから、
その人たち自身、遠い日と
近い罪を思い出すから。

Und dennoch hofft mein Herz……

願い

無言のうちに多くのことを語っている小さい手を
差しのべてくださる時、
私はいつかあなたにたずねました、
私を愛してくださるか、と。

私はあなたに、愛してください、とは望みません。
ただ、あなたがそばにいてくださることを知り、
あなたが時折り無言でそっと
手を差しのべてくださることを望むばかりです。

Bitte

取消し

私は、あなたを愛する、とは言いませんでした。
私はただ、握手して下さい、
そして私をゆるして下さい、と言っただけです。

あなたは、私に似ている、
私と同じように若くやさしい、と思われたのです。
——私は、あなたを愛するとは言いませんでした。

Rücknahme

非難

夜のとばりが下り、
うたげは尽き、
園のたいまつは

赤く名残りの光を放つ。

あなたは軽く私に
お休みと、うなずく——
あなたは、こよい
よくお笑いになった。

あなたは、こよい
よくお話をなさった。
だが、口には出さぬ約束を
あなたは破ってしまわれた。

ラヴェンナ

Vorwurf

私もラヴェンナに行ったことがある。
ささやかな死んだ町で、

書物にもよく記《しる》されている
かずかずの教会とたくさんの廃墟《はいきよ》がある。

町を通りぬけて、振返って見ると、
街路はいたく陰気で湿っている。
千年のよわいを重ねて、ひっそりと語らず、
至るところ、こけむし、草がはえている。

さながら古い歌のようだ——
その調べを聞いても、だれも笑わず、
みな耳かたむけ、聞いたあとでも、
夜中までみな物思いする古い歌のようだ。

Ravenna

あの時

まだ遅くはなかった。私は帰れたのだ。

そしたら、何ごとも起らなかっただろう。
そして、何ごとも、あの日以前のように
清く、濁りに染まなかっただろう！

そうなるよりほかはなかった。その時は来た。
短い息ぐるしい時が。そして、
あわただしい歩みで、今さら変えるよしもなく、
青春の輝きを残らず奪い去った。

Die Stunde

流《る》浪《ろう》者《しゃ》の宿

夜ごと夜ごと絶えず
カエデの影に冷たく見まもられながら、
かすかな泉水が流れつづけるのは、
なんと見慣れぬ不思議なものだろう、

そして月の光が破風《はふ》の上に
絶えず、においのように漂い、
雲の軽い群れが冷たい暗い空中を飛ぶのは、
なんと見慣れぬ不思議なものだろう！

そういうものは皆いつも変らないが、
私たちは一夜やすめば
先へ先へと国じゅうを歩いて行く。
私たちをしのんでくれるものはひとりもいない。

それからたぶん幾年もの後、
夢の中で、泉水が、門が、破風が、
昔のままの姿でふと心に浮ぶだろう。
それは今も変らず、なお久しく変らぬことだろう。
それはふるさとの予感のように輝くが、
よその屋根はよその客にとって

短い休息のためのものに過ぎなかった。
客はもう町も名前も覚えていない。

夜ごと夜ごと絶えず
カエデの影に冷たく見まもられながら、
かすかな泉水が流れつづけるのは、
なんと見慣れぬ不思議なものだろう！

Landstreicherherberge

それを知っているか

にぎやかな歓楽の最中《さなか》に、
うたげの折りに、楽しい広間で、
おまえは時折り、急に口をつぐみ、
立ち去らずにはいられなくなるのをおまえは知っているか。

そうしておまえはふしどに眠りもやらず、

突然心臓の苦痛に襲われた人のように伏している。
歓楽もにぎやかな笑いも、煙のように飛散してしまう。
おまえは泣く、とめどもなく——それを知っているか。
Kennst du das auch?

サン・クレメンテの糸スギ

私たちは、炎のようにしなやかな木《こ》ずえを風にかがめ、
女たちや遊戯や笑い声ににぎわう園を見おろす。
人々が生れ、また葬《ほうむ》られる園を
私たちは見おろす。

昔は神々や祈る人々で溢《あふ》れていた寺院を
私たちは見る。
しかし、神々は死に、寺院は空虚になった。
折れた柱が草の中にころがっている。

私たちは谷や銀色の広野を見る。
そこでは、人々が喜び、疲れ、悩み、
騎士が馬を駆り、僧が祈りを唱え、
父子兄弟が互いに葬り合っている。

しかし、夜、大あらしが来ると、
私たちは悲しく、生きた心地もなく身をかがめ、
憂《うれ》いにとざされて、根を突っ張り、静かに待つ、
死が私たちを捕えるか、あるいは通り過ぎるかと。

Die Zypressen von San Clemente

わが愛人に

I

私の肩に
あなたの重い頭をよせかけて、無言で、

涙の甘がなしい、力ないよどみを
残りなく味わいなさい。

あなたがこの涙に
渇《かつ》えながら、せつなく
かいもなく
あこがれる日が来るでしょう。

Ⅱ

私の髪の上に
その手をのせなさい。私の頭は重い。
私の青春だったものを
あなたは奪ってしまった。

青春の輝き、喜びの泉は
あれほど尽きぬ宝と思われたのに、
取返すよしもなく失《う》せてしまい、

あとには悲しみと憤《いきどお》りだけが残った。

夜々、はてしない夜々、
古い恋の喜びの数かずが
激しく、熱っぽくあつく
私のうつつな夢をかけぬけた夜々。

時たまに心休らう折りふしにだけ、
私の青春は、内気なあおざめた客のように
私のそばに歩みよって、うめき
私の心を重くする……

私の髪の上に
その手をのせなさい。私の頭は重い。
私の青春だったものを
あなたは奪ってしまった。

Meiner Liebe

けれども

けれども私は青春の刻々を
残りなく味わった。私は嘆くべきだろうか、
私のいたわられた胸が、傷と
にがさと悲しみとのみを抱いたことを?

青春がもう一度もどって来て、
ありし日のうるわしいおもかげをそなえていたら——
あの青春が違った終り方をしたら、
私は満足するだろうか。

Dennoch

哲学

無意識的なものから意識的なものへ、

そこからもどって、多くの小道を通り、
私たちが無意識的に知っていたものへ、
そこから無慈悲に突き放されて、
疑いへ、哲学へと促され、
私たちは到達する、
皮肉の第一段階へ。

それから熱心な観察によって、
多様な鋭い鏡によって、
世界軽蔑《けいべつ》の冷たい深淵《しんえん》が
凍える精神錯乱の
むごい鉄の暴力の中に抱き取る。
しかしそれは賢明に私たちを連れもどす、
認識の狭いすきまを通って
自己軽蔑の
甘にがい老年の幸福へ。

Philosophie

フィエーゾレ

私の頭上の青空を旅する雲が
私に、ふるさとへ帰れ、と言っている。
ふるさとへ、名も知れぬ遠いかなたへ、
平和と星の国へ帰れと。

ふるさとよ！　おまえの青い美しい岸を
私はついに見ることはないだろうか。
でもやはり私には、この南国の近く足のとどく所に
おまえの岸べがあるに違いないと思われる。

Fiesole

冒険家

私の心は疲れ、私の心は重い。
私は海にあこがれている。
南イタリアの海峡の
波の上に静かに燃える
紫色の日暮どきの
赤い火にあこがれる。
砂洲《さす》の夜の青い星月夜に、
運河のさびれた華やかさに、
ヴェネティアの美しい女たちに、
南国の船のりの歌声に、
ゆれる小舟の
大胆な、嵐《あらし》におびやかされる暗い航海に、
かんばしった大波の砕ける音に
私はあこがれる。

町の空気が私の身辺で
重くるしく悪どくいぶる——おお、幾日
幾年、私はここで、香気も、
旋律も、色彩もなく嘆き暮すことだろう！

その間に時はたゆみなく移る——
遠い望楼の火のように、幾年もの距《へだた》りを越して
冒険の華やかな世界が私の方に輝く、
それは再び帰り来るよしもなく
悲しみと夢とやみの中に沈んでしまったのだが……

私の心は疲れ、私の心は重い。
私は海を慕いやつれる。

Der Abenteurer

夜ふけて街上で

街燈《がいとう》がやみの中で
ぬれた舗道に映っている——
こんな遅い時刻にまだ眠らずにいるのは、
困窮と悪徳だけだ。

まだ眠らずにいる君たちに私はあいさつする！
困窮と苦悩のうちに横たわっている君たちに、
騒ぎ笑っている君たちに、
みんな私の兄弟である君たちに。

Spät auf der Strasse

夢

いつも同じ夢。

赤い花咲くカスターニエンの木、
夏の花の咲きこぼれる庭、
その前に寂しく立っている古い家。

あの静かな庭のあるところで、
母が私をゆすってくれた。
多分——もう久しい前から——
庭も家もなくなっているだろう。

多分いまは草原に道が通じ、
その上をすきやまぐわが通り過ぎる。
ふるさとや庭や家や木については
私の夢のほか何も残っていない。

Traum

彼はやみの中を歩いた

彼は、黒い木立ちのかさなる影が
彼の夢を冷やすやみの中を好んで歩いた。

だが、彼の胸の中には、光へ、光へと
こがれる願いが捕えられて悩んでいた。

彼の頭上に、清い銀の星のこぼれる
晴れた空のあることを、彼は忘れていた。

Er ging im Dunkel……

ローザ嬢

ひたいに光あふれるあなたを、
いとも妙《たえ》な茶色の目と、

絹の髪をしたあなたを
私は知っている！　だが、あなたは私を知らない。

曇りない顔をしたあなたを、
異国の甘い歌の調べを
低く奏《かな》でるやさしいあなたを、
私は愛する！　だが、あなたは私を知らない。

Lady Rosa

キオッジャ

風雨にさらされてトビ色になり、ひしめき合う家々の正面、
人目につかぬ壁のくぼみの中のマリア像、
鏡のような水面と物うげなゴンドラ、
日焼けした漁夫をのせた幅びろの小舟。
だが、土のくずれ落ちる壁にも、
どの小路《こうじ》にも、階段にも、運河にも、

至る所に、絶望的な悲しみがまどろんでおり、
過ぎ去った時のことを語ろうとする。
私はそっと、驚きをひそめて敷石の上を歩く。
その悲しみをさますことを怖《おそ》れながら。
それが目をさましたら！　私はもう助からない！
急いで私は通り過ぎ、港をもとめ、
海をもとめ、旅立つ船にたどりつこうとする。
私の後ろでは小路が、悲しげにためらい、眠っている。

Chioggia

私は欺《あざむ》いた

私は欺いた！　私は欺いた！
私は老いてはいない。生活にあきてもいない。
美しい女性と言えば、きっと
私の脈搏《みゃくはく》と心をふるわすのだ。

私はまだ、情熱的な裸の女たちを、
よい女たちや悪い女たちを、
激しいワルツの華麗な拍子を、
恋した夜々を、夢に見る。

あの最初の聖なる愛人のように、
無口で美しく清い愛人を
夢に見さえする。そして
私はまだ彼女のために泣くことができる。

Ich log

わが母に

――最初の詩集を母にささげようと――

お話したいことが、たくさん、たくさんありました。
私は随分と長いあいだ異郷に暮しましたが、
いつの日にも終始私を一ばんよく

理解してくれたのは、あなたでした。

長い間あなたに差し上げようと思っていた
最初の贈りものを、私が
おどおどする子どもの手に持つ今
あなたは目を閉じておしまいになりました。

それでもやはり、これを読むと、
自分の悲しみが不思議と忘れられるのを感じます。
言いようもなくやさしいあなたというものが
千もの糸で私を取巻いているのですから。

Meiner Mutter

白い雲

おお見よ、白い雲はまた
忘れられた美しい歌の

かすかなメロディーのように
青い空をかなたへ漂って行く！

長い旅路にあって
さすらいの悲しみと喜びを
味わいつくしたものでなければ、
あの雲の心はわからない。

私は、太陽や海や風のように
白いもの、定めないものが好きだ。
それは、ふるさとを離れたさすらい人の
姉妹であり、天使であるのだから。

Weisse Wolken

『孤独者の音楽』(一九一五年)とその前後

霧の中

不思議だ、霧の中を歩くのは！
どの茂みも石も孤独だ。
どの木にも他の木は見えない。
みんなひとりぼっちだ。

私の生活がまだ明るかったころ、
私にとって世界は友だちに溢《あふ》れていた。
いま、霧がおりると、
だれももう見えない。

ほんとうに、自分をすべてのものから
逆《さか》らいようもなく、そっとへだてる
暗さを知らないものは、
賢くはないのだ。

不思議だ、霧の中を歩くのは！
人生とは孤独であることだ。
だれも他の人を知らない。
みんなひとりぼっちだ。

Im Nebel

目標に向って

いつも私は目標を持たずに歩いた。
決して休息に達しようと思わなかった。
私の道ははてしないように思われた。

ついに私は、ただぐるぐる
めぐり歩いているに過ぎないのを知り、旅にあきた。
その日が私の生活の転機だった。

ためらいながら私はいま目標に向って歩く。
私のあらゆる道の上に死が立ち、
手を差出しているのを、私は知っているから。

Dem Ziel entgegen

春

若い雲が静かに青空を走って行く。
子どもたちは歌い、花は草の中で笑う。
どちらを見ても、私の疲れた目は、
本で読んだことを忘れたいと願う。

ほんとに、本で読んだむずかしいことは
みんな溶け去って、冬の悪夢に過ぎなかった。
私の目はさわやかに癒《いや》されて、
新しいわきでる造化を見つめる。

だが、凡《およ》そ美しいもののはかなさについて
私自身の心の中に書き記されているものは
春から春へながらえて
どんな風にも吹き消されはしない。

Frühling

夜

私はロウソクを消した。
開いた窓から夜が流れこんで来て、
柔らかく私を抱き、私を友だちにし、
兄弟にする。

私たちは共に同じ郷愁に病んでいる。
私たちはほのかな思いに満ちた夢を送り出し、
ささやきながら、私たちの父の家で暮した

昔を語り合う。

Nacht

エリーザベト

私は、もう満ち足りた気持には、なれない。
私は、来る日も来る日も、
あなたの姿をあこがれの中に抱くばかりだ。
私はほんとにあなたのものだ。

あなたのまなざしは私の心の中に
予感にあふれる光をともした。
その光は絶え間もなく告げる、
私はあなた自身のものだと。

だが、清らなあなたは
私の情熱に気づかず、

私にかまわず、楽しげに花咲き、
高々と星のようにさすらう。

Elisabeth. Ich kann nicht……

ことわざ

だからおまえはすべてのものの
兄弟姉妹にならなければならない、
ものとおまえがすっかり溶け合って、
自分のものと、ひとのものとを分かたなくなるように。

星ひとつ、木の葉ひとつが落ちても――
おまえが一しょに滅びるようでなければならない!
そうなったら、おまえもすべてのものと一しょに、
あらゆる時によみがえるだろう。

Spruch

愛の歌

私はあなたの絹の靴《くつ》を歌う、
あなたの着物のきぬずれを歌う、
私は夜ごとあなたを夢にみる、おお、
私の悪い人、私の心の悩みよ！

私はあなたの名まえしか知らない。
私はもう、どんな苦しみのためにも
楽しみのためにも泣くことができない。
あなたのために泣くだけだ、私の心よ。

私はもうどんな幸福も
難儀も知ろうと思わない、
あなたのためにあこがれ燃えるよりほかには――
おお、あなたはなぜ死んだのです？

Liebeslied

幸福

幸福を追いかけている間は、
おまえは幸福であり得るだけに成熟していない、
たとえ最愛のものがすべておまえのものになったとしても。

失ったものを惜しんで嘆き、
色々の目あてを持ち、あくせくとしている間は、
おまえはまだ平和が何であるかを知らない。

すべての願いを諦《あきら》め、
目あても欲望ももはや知らず、
幸福、幸福と言い立てなくなった時、
その時はじめて、でき事の流れがもはや

おまえの心に迫らなくなり、おまえの魂は落ちつく。

Glück

慰め

数多くの生きて来た年々が
過ぎ去り、何の意味も持たなかった。
何ひとつ、私の手もとに残っているものはなく、
何ひとつ、私の楽しめるものはない。

限り知れぬ姿を
時の流れは私のところへ運んで来た。
私はどれ一つとどめることができなかった。
どれ一つとして私にやさしくしてくれなかった。

よしやそれらの姿は私からすべり去ろうと、
私の心は深く神秘的に

あらゆる時をはるかに越して、
生の情熱を感じる。

この情熱は、意味も目あても持たず、
遠近の一切を知り、
戯《たわむ》れている時の子どものように
瞬間を永遠にする。

独り

Trost

地上には
大小の道がたくさん通じている。
しかし、みな
目ざすところは同じだ。

馬で行くことも、車で行くことも、

ふたりで行くことも、三人で行くこともできる。
だが、最後の一歩は
自分ひとりで歩かねばならない。
だから、どんなつらいことでも、
ひとりでするということにまさる
知恵もなければ、
能力もない。

Allein

アジアの旅から

一、夜、沖あいで

——マレー群島——

夜、海が私をゆすり、
色あせた星の輝きが、

広い波の上にうつる時、
私は自分をすっかり、
一切の行いと愛とから引離し、
じっとたたずんで、ただひとり
ひとりぼっち海にゆられて僅《わず》かに呼吸する。
海は静かに冷たく無数の光を浮べて横たわっている。

すると、私は友だちたちをしのび、
まなざしを友のまなざしの中に沈めずにはいられない。
そしてひとりひとりにそっとたずねる。
「君はまだぼくのものか。
ぼくの悩みは君にとっても悩みか、ぼくの死は君にとっても死か。
君はぼくの愛と苦しみについて、
一つの息吹《いぶ》き、一つのこだまでも感じるか」
すると海はゆうゆうと見ながら、語らず、
否《いな》、とほほえむ。

どこからもあいさつも答えもやってこない。

Nachts, auf hoher See

二、原始林中の雷雨

夜は、いなびかりにくまもなく照らし出され、
白い光の中にけいれんし、
激しく、乱れ、まぶしくゆらぐ、
森の上に、流れの上に、私のあおざめた顔の上に。
涼しい竹の幹にもたれて立ち、
私はまじろぎもせず見つめる、
雨にたたかれながら、安らいを求めている
しろじろとした景色を。
すると、遥《はる》かな少年時代から
雨に暗い陰鬱《いんうつ》さの中から
喜びの叫びがきらめいて来る。
やっぱり一切が空《くう》だというわけではない、
一切が味気なく暗いわけではない、

雷雨が火花を散らすこともあるし、
日々の単調な移ろいのかたえに、神秘と
自然の奇跡が燃えることがある、という叫びが。
深く呼吸しながら私は雷鳴に耳をかたむけ、
髪が嵐《あらし》にぬれるのを感じ、
しばしトラのように、目ざとく、耳ざとく、
愉快になる。少年時代のように、
そして少年時代以来なかったほど。

Gewitter im Urwald

三、原始林よ、さらば

——スマトラ——

私は岸べで自分の荷物に腰かけている。
下の方では汽船のそばで、
インド人、中国人、マレー人が叫び、
大声で笑い、金ぴかの品物をあきなっている。

私の後ろには、焼けつく生活の
熱っぽい夜々と日々が横たわっている。
まだ原始林の流れが私の靴底《くつぞこ》をぬらしている今、
早くも私はあの夜昼を、記憶の底に宝のように、大切にしまっている。

多くの国々や町々がまだ私を待っている。
だが、もう二度と森林の夜や
沸き上がるような荒涼とした原始世界の庭が
その豪華さで私を誘い驚かすことはないだろう。

このはてしない輝く原始林の中で、
私はかつてなかったほど人間の世界から遠く離れた――
おお、私は自分の魂の姿を、
これほど近くあるがままに見たことはついぞなかった。

Abschied vom Urwald

四、中国の歌姫に

静かな流れを私たちは夕ぐれ、船で進んだ。
アカシアの木は夕日にバラ色に輝き、
雲もバラ色に照り映えていた。しかし私は
木も雲も見ず、おん身の髪にさした梅の花だけを見た。

ほほえみながらおん身は飾られた小舟のへさきにすわり、
びわを物慣れた手に持ち、
目に青春を燃やしながら、
聖なる祖国の歌を歌った。

黙々と私は帆柱にもたれて立ち、
はてもなく、この燃える目の奴隷《どれい》とならんものを、
幸福なもだえのうちにいつまでもおん身の歌と、
花のように妙《たえ》な手の楽しい調べとに聞き入らんものを、と願った。

An eine chinesische Sängerin

さすらいの途上

――クヌルプの思い出に――

悲しむな、やがて夜になる。
そしたら、あお白い野山の上に
冷たい月がひそかに笑うのを見、
手を取り合って休もう。

悲しむな、やがて時が来る。
そしたら、休もう。私たちの小さい十字架が
白っぽい道のべに二つ並んで立つだろう。
そして雨が降り、雪が降り、
風が去来するだろう。

Auf Wanderung

運命

私たちは、子どもたちのするように、
怒って、わきまえもなく別れ、
愚かなはにかみにとらえられて
互いに避け合った。

悔いて待つうちに
幾年も過ぎた。
私たちの青春の園に
通ずる道はもうない。

Schicksal

眠れぬ夜

意識の最後の境に、精神が

疲れながら意地悪く目ざめて見張っている。
瞬間のうちに無数の生を
幻のように生き、熱に疲れながら
いつまでも休もうとしない。
夢みる血管の働きの中から、暗く
生への——死へのあこがれが燃え上がる。
精神はにがい微笑をもって、老人のように、
そのあこがれを嘲《あざけ》る。

無数の神経が
無言の責苦をうけながら
敏感な、耳ざとい命を呼吸し、
物音の一つ一つに答え、夜の刺激の
一つ一つを、痛ましい緊張をもって聞きとる。

さあ——音楽だ！　ふるえる遠方から
音が、気高い神聖な音が漂って来、

輪舞をからませ、恐ろしく長い夜をもてあそびながら
生き生きした拍子に移し、
ほほえみながら時間を無限から解放する。

見よ、色はなやかに、
疲れた魂の奥から、なつかしく
昼間のさまざまの形が上ってくる。
記憶は、光と実在の形に満ちて
幸福げに耽溺《たんでき》する。

花咲く木！　輪舞する子どもら！
花が、色が、輝く人の目が
驚き、まぎれず、
形のないやみの中にあいさつする。

焼けるような夏の夜、
露がしおれる庭をぬらすように、

記憶がそっと魔法の手で
私の心の無言の弦《げん》に触れる。心は
夢みながら現実の鏡の中を歩く。

おお記憶よ、唯一《ゆいいつ》の女神よ！
慰めるものよ、ようこそ！
静かに、耳すましつつ、魅せられたもののように、
私はかつて生きた時の長い列が
砕かれもせず永遠の日の中を通るのを見る。
その一つ一つが完全に、時間を超越して。
その間に夜はひそかに窓ににおい、
甘い眠りは、ひそかに待ちながら、
近づく陸地から、私にもう
救いの綱を投げる。
Schlaflosigkeit

夏の夜

おお、暗く燃える夏の夜！
ヴァイオリンが快い庭で誘っている。
花火が柔らかい妙《たえ》な弓形を描いて
舞いあがる。私の踊り相手は笑う。

私はこっそり忍び足で去る。
花咲く木の枝があお白くたそがれる。
ああ、すべての喜びはこうも早く尽きる。
あこがれだけが絶え間もなく燃える。

私の青春のたぐいもなく華やかな
夏のうたげよ、おまえたちはどこに行ったか。
たとえ私は楽しくとも、踊りはみな、
冷たくすべって行く。無上の幸福が欠けているのだ。

おお、暗く燃える夏の夜よ、
喜びの、夢に重い杯を
一度底まで飲み乾《ほ》させておくれ、
私を満たし、ついに癒《いや》してくれる杯を！

Sommernacht

花咲く枝

たえずあちらこちらに、
花咲く枝が風の中で動く。
たえずあちらこちらに、
私の心は子どものように動く、
明るい日と暗い日の間を、
願いと諦《あきら》めの間を。

花が風に散り、

枝が実もたわわになるまで、
心が幼さに飽いて、
落ちつきを持ち、
人生のあわただしい戯《たわむ》れも
楽しさに満ち、むだではなかった、と告白するまで。

Der Blütenzweig

九月の哀歌

おごそかに、陰気な木立ちの中で、
雨は歌をかなでている。
　森におおわれた山々ではもう
身ぶるいさせる茶色がきざしている。
　友よ、秋は近い。秋は、もう
森のふちで待ち伏せながら、ながし目を送っている。
　野もうつろに見つめている、
訪れるものは鳥だけだ。

だが、南の斜面に青く、
支柱にブドウの房が熟している。
ブドウの房の祝福されたふところは
熱と秘めた慰めを蔵している。
きょうはまだ水々しく
緑の葉を風に鳴らしているものが、
間もなくみな、あおざめ凍え、しぼんで、
霧と雪の中で死ぬだろう。
あたためるブドウ酒だけが
そして食卓の笑うリンゴだけが、
夏と、太陽の照った日々の
輝きとに燃えるだろう。
同じように私たちの心も老いて、
ためらう冬に味わうのだ、
感謝の気持で、あつい熱情のブドウ酒を、
喜んで、思い出のブドウ酒を。
過ぎ去った日の、はかなく消えた

うたげや喜びの
　幸福な幻が無言で踊りながら、
心の中におぼろに現われる。

スキーの休息

Elegie im September

高い斜面で滑りおりる身がまえをして、
私は杖《つえ》にもたれ、しばし休息する。
そして、まぶしく、広々としたあたりの
世界が青く、また白く輝いているのを見る。
上の方には、黙々と峰をつらね
山々が寂しく凍えているのを見る。
下の方には、まぶしい輝きの中にかすみ、
谷を貫き谷をめぐって、それらしい小みちが急降下している。
私は、孤独と静寂に圧倒され
しばしぼんやりしてたたずむ。

それから下に向って斜面にそい、
谷の方にまっしぐらに、息もつかず滑る。

うたげからの帰り

Ski-Rast

またしても、うたげははかなく果て、
私は胸苦しくもだえつつよろよろと、
凍《い》てついた野を歩き、
家に帰りつけないかとさえ思う。

おお、苦痛の陶酔よ、
歓楽の杯の砕ける時、
私は、半《はん》ぱな喜びに耐えるより、
おまえを心の中に抱いていたい。

苦痛であるにせよ、うたげであるにせよ、

哀れな魂は、ただもう
最悪のものと最上のものとだけを抱いていたい。
この魂は熱情のゆえにこそ燃えるのだから。

Heimweg vom Fest

愛

私の喜びはずんだ口はまた近づこうとする、
私を口づけで祝福してくれるあなたの口びるに。
あなたのいとしい指を手にとってもてあそびながら、
私の指の中にたたもうとする。
私のこがれるまなざしをあなたのまなざしで満たし、
私の頭を深くあなたの髪の中に埋め、
いつもさめている若いからだで
あなたのからだの動きに忠実にこたえ、
いつも新たな愛の火で
あなたの美しさを千度もよみがえらせようとする。

私たちふたりがすっかり心をしずめられ、感謝しつつ、
あらゆる苦悩を越えて幸福に生きるまで。
私たちが昼と、夜と、きょうと、きのうとに、
いとしい姉妹としてつつましくあいさつするまで。
私たちがあらゆる行動を超越して
光に満たされたものとして平和のうちに歩くまで。

愛人への道

Liebe

朝はさわやかな目を開き、
世界は露に酔って輝いている。
金色に世界を包んでいる
若々しい光に向って。

森の中を私は行きつつ、
足ばやな朝と、まめに

歩調を合せる。
朝は兄弟として私を迎えてくれる。

真昼は、暑く重く
黄色い麦畑で、
私がせっせと通りすぎ、
奥の方にやって行くのを見る。

静かな晩になったら、
私は目ざすところに着き、
昼のように、燃え尽きよう、
おまえの胸で。いとしいものよ！

Weg zur Geliebten

少年の五月の歌

おとめらは

美しい花ぞのの中で遊ぶことができる。
金色の柵《さく》がまわりにある。
男の子らは
うらやましそうに柵のふちに立ってぬすみ見し、
あの中にはいれたら、と考える。

この美しい花ぞのの中は
清く明るい光にあふれ、
そこにいる人はみな心たのしげだ。
ぼくたち、男の子らは待たなければならない。
大きくなり、若い紳士になるまで、
中にはいることはできない。

Mailied der Knaben

交響曲

砕ける暗い激浪から沸き立つ

生命の多彩などよめき。
そのかなたには、いつも変らず、
星辰《せいしん》の高い丸天井の家。

私の命は沈みはて、
私は世界のはてに漂い、
深く酔うて、火花吹くそよ風の
甘い火を呼吸する。

それからのがれるやいなや、
生命の不思議の火が
無数の歓喜をもって、私を
新たに大きい潮の中に洗い去る。

Symphonie

夜ごとに

夜ごとにおまえは吟味せよ
一日が神さまのおぼしめしにかなうかどうか、
一日が行いと真心とに楽しかったかどうか、
一日が不安と悔恨とにめいっていたかどうか。
おまえの愛人の名をとなえて、
憎しみと不正とを静かに告白せよ、
一切のあやまちを心から恥じよ。
いささかな影も寝床に持ちこんではならない。
一切の憂《うれ》いを心から取り去って
心が深く子どものように安らえるようにせよ。
そうして心も澄んで安らかに
おまえの最愛の人を、母を、
幼き日を、思い出すようにせよ。
見よ、そうしたら、おまえはけがれなく、

かぐわしい夢が慰めつつさし招く
冷たい眠りの泉から深く飲み、
新たな日を澄んだ心で
勇者として勝利者として始める
心の用意ができるのだ。

Jeden Abend

幼い日

おまえは私の遥《はる》かな谷間、
魔法にかけられて、沈んでしまった谷間。
いくどとなくおまえは、私が苦しみ悩んでいる時、
おまえの影の国から私に呼びかけてくれ、
おまえのおとぎ話の目を開いた。
すると、私はしばし幻想にうっとりとして、
おまえのもとにもどって、すっかり我を忘れるのだった。

おお、暗い門よ、
おお、暗い死の時よ、
私のそばに来るがよい。私がよみがえって、
この生の空虚の中から
私の夢のふところに帰るように。

Die Kindheit

草に寝て

花の魔術も
明るい夏の草原の華やかな綿毛も
浅みどりにひろがった空も、ミツバチの歌も、
これらはみな、一つの神の
溜息《ためいき》つく夢にすぎないのか、
救いを求める無意識な力の叫びにすぎないのか。
美しく強く青空に憩《いこ》うている
山の遥かな線も、

沸き立つ自然のけいれんに、
激しい緊張にすぎないのか。
痛みに、悩みに、無意味に模索し、
憩うことなく安住することのない動きにすぎないのか。
ああ、否《いな》！　私から去れ、
この世の苦悩のうとましい夢よ！
夕映えの中の蚊の踊りや、
鳥の叫びや、こびつつ
私のひたいを冷やす微風が
おまえをゆすって起す。
私から去れ、大昔からの煩悩《ぼんのう》よ！
すべては悩みに、
すべては苦しみと影にすぎぬとしても――
この甘美なひと時はそうではない。
赤いオランダゲンゲのにおいはそうではない。
私の心の中の

深い柔らかい快感はそうではない。

Im Grase liegend

せつない日々

なんという日々のせつなさ！
どんな火によっても私はあたたまらない、
太陽も私にはもうほほえまない。
何もかもがうつろで、
何もかもが冷たく、つれない。
やさしく澄んだ星さえも
慰めるすべもなく私を見つめている。
恋もまた死ぬということを、
しみじみと知った日から。

Wie sind die Tage……

旅の秘術

あてどないさすらいは、青春の喜びだ。
青春とともに、その喜びも色あせた。
それ以来、目あてと意志とを自覚すると、
私はその場を去った。

ただ目的だけをせわしく求める目には、
さすらいの甘さはついに味わわれない。
森も流れも、あらゆる途上で待っている
一切の壮観も、閉ざされたままだ。

これからはさらに旅を味得しなければならない、
瞬間のけがれない輝きが、
あこがれの星の前でも薄れることのないように。

旅の秘術は、世界の輪舞の中に加わって
共に動き、憩《いこ》うている時にも、
愛する遠いかなたへ向って、途上にあることだ。

Reisekunst

チョウチョウ

心に傷手《いたで》をうけた時のことだった。
私は野を歩きまわった。
すると、私は一羽のチョウが
青い風に吹かれているのを見た。
チョウはきわだって白く、また濃い赤のまだらだった。

おお、チョウよ！　世界がまだ
朝のように澄んでいた子どものころ、
まだ天があんなに近く感ぜられたころ、
おまえが美しい羽を

ひろげるのを見たのが最後だった。

色どりあやに柔らかくひらひらと飛ぶおまえが
私には天国から来たように思われて、
おまえの深い、神さまさながらの輝きの前に、
私は自分がどんなにかけ離れているかを
恥ずかしく感じて、内気な目付きで立っていねばならぬことよ！

白と赤とのチョウは
野の方へ吹かれて行った。
夢みごこちで先へ歩いて行くと、
天国からでも来たような
静かな輝きがあとに残った。

Der Schmetterling

エジプト彫刻のコレクションの中で

宝石をちりばめた目の中から
おまえたちは静かに永久に、
私たち後世の兄弟を見わたしている。
恋も願いも
おまえたちの微光を放つ滑《なめ》らかな表情は知らぬらしい。
王者らしく、星のはらからしく
おまえたち、不可解なものたちは
かつて寺院の間を歩いた。
神聖さが、遥《はる》かな神々の香気のように
今日なおおまえたちのひたいのまわりに漂っている。
そしてひざのまわりには威厳が。
おまえたちの美しさはゆったりと呼吸し、
永遠がおまえたちのふるさとだ。

だが、おまえたちの弟である私たちは
神を失い、迷った生活をよろめきながら送っている。
煩悩《ぼんのう》のあらゆる苦しみに、
すべての燃えるあこがれに、
私たちのふるえる魂はむさぼるように開かれている。
私たちの行く先は死であり、
私たちの信仰は無常である。
私たちの嘆願する仮の姿は
時の力に逆らえない。
しかし私たちも
ひそかに魂の相《あい》かようしるしを
心に焼きつけられて持ち、
神々をほのかに感じ、
太古の無言の像なるおまえたちに対し、
恐れなき愛を感じる。なぜなら、
私たちはどんなものをも、死をもいとわないから。

悩みも死も
私たちの魂を脅《おびや》かしはしない、
私たちは一層深く愛することを知ったから!
私たちの心は鳥の心、
海の心、森の心に通う。私たちは
奴隷《どれい》や悲惨なものをも兄弟と呼び、
動物や石をも愛の名をもって呼ぶ。
それゆえ、私たちのはかない存在の似姿も
硬《かた》い石であるとは言え、私たちより生き長らえはしない。
それはほほえみつつ消えるが、
日光に光るたまゆらなちりの中で、
瞬間々々に、新たな喜びと悩みに向って
せっかちに、永久に、よみがえるだろう。

In einer Sammlung ägyptischer Bildwerke

憂うつに向って

ブドウ酒へ、友だちへと、私はおまえからのがれた。
おまえの暗い目が恐ろしかったから。
恋に抱かれ、弦《げん》の音を聞いて
私はおまえを忘れていた。おまえの不実な子は。

だが、おまえはだまって私について来、
私がやけにあおったブドウ酒の中にいた。
私の恋の夜の蒸し暑さの中にもいた。
私がおまえに向って言い放った嘲《あざけ》りの中にもいた。

いま私が旅からもどって来ると、
おまえは疲れきった私の手足を冷やし、
私の頭をおまえのひざにのせてくれた。

私のさすらいはみな、おまえへの途上だったのだから。

An die Melancholie

あなたを失って

私のまくらは夜、私を
墓石のようにうつろに見る。
ひとりでいること、
あなたの髪をまくらにできぬことが、
こんなにもつらいものとは思わなかった。

私はひっそりした家の中にただひとり、
つりランプを消して伏し、
あなたの手をつかもうと、
そっと両手をのばす。
そしてあつい口を静かに
あなたの方に押しつけ、思うさまキスする――

突然、私は目をさます。
すると、まわりはしじまな冷たい夜、
窓に星がきらきらと光っている――
おお、あなたの金髪はどこに？
あなたの甘い口はどこに？

いまは私はどんな喜びの中にも、悲しみを、
どんなブドウ酒の中にも、毒を飲む。
ひとりでいること、
ひとりで、あなたなくていることが、
こんなにつらいものとは、ついぞ知らなかった。

Ohne dich

アルプスの峠

いくつもの谷をぬけてさすらって来た。
私の望みは目的地をめざしてはいない。

見わたすと、遥《はる》か地平のきわに、
イタリアが、私の青春のあこがれの国が見える。

だが、北の方から、私が家を建てた
涼しい国が、私の方を見渡している。

私は言いようもない苦痛を抱いて、静かに
南の方、私の青春の園を見やる。

そして帽子を振り、あいさつを送る、
いまは私のさすらいの憩《いこ》い場となる北の方に。

すると、私の心に焼くような思いがわく、
ああ、私のふるさとは、かしこにもここにもないのだ、と！

Alpenpass

最初の花

小川のそばで、
赤いつぼみの柳にならって
このごろ
黄色い花がたくさん
金色《きんいろ》の目を開いた。
とくに純真さを失った私の
胸の奥で、一生のかぐわしいうら若い日の
思い出がよみがえって
花の目の中から私を明るく見つめる。
私は花をつみに行こうと思ったが、
今はすべての花を咲くにまかせて、
家に帰って行く、老いた人として。

Die ersten Blumen

うたげの後

食卓からブドウ酒がしたたり、
ロウソクはみなひときわ悲しげにゆらぐ。
私はまたひとりぼっちだ。
また、うたげは終った。

静かになったへやべやの
あかりを、私は悲しく一つ一つ消して行く。
庭の中の風だけが憂《うれ》わしげに
黒い木立ちと語っている。

ああ、疲れた目を閉じるという
この慰めがなかったら！
いつかまた目ざめようという
願いを、私はもう感じない。

Nach dem Fest

青春の園

私の青春は花ぞのの国であった。
銀の泉が草の野にわき出し、
老木のおとぎ話めいた青い影が、
私の大胆な夢の火を冷ました。

渇《かつ》えながら私は熱い道を歩く。
私の青春の国は閉ざされている。
バラがへいのふちを越して嘲《あざけ》るように、
私のさすらいに向ってうなずく。

私の冷たい庭の木ずえのざわめきは
次第に遠く歌っているが、
あの時よりも美しくひびくのを

私は一層しみじみと深く聞き入らずにはいられない。

Jugendgarten

美しい人

おもちゃをもらって
それをながめ、抱きしめ、やがてこわしてしまい、
あすはもうそれをくれた人を忘れている子どものように、
あなたは、私のあげた私の心を
きれいなおもちゃのように小さい手の中でもてあそび、
私の心が悩みけいれんするのを目にとめない。

Die Schöne

転　機

今はもう世界は私のためには花咲かない。
風も鳥の鳴き声も私には呼びかけない。

私の道は狭くなった。私は行き過ぎる。
ひとりの友も私の道づれにならない。

私の青春のふるさとだった
楽しい谷間を見ることさえ、
今はもう私にとっては危険であり、
きびしい悩みだ。

ふるさとと恋しの切なさを癒《いや》そうと、
もう一度下って行くと、
そこには、どこに行っても変りないように、
私の道のほとりに死が立っているだろう。

たそがれの白バラ

Wende

悲しげにおまえは顔を

葉の上にもたせかける、死に身をまかせて。
おまえは幽霊のような光を呼吸し、
あおざめた夢をただよわせる。

だが、おまえのなつかしい香《かお》りは
まだ一晩じゅう部屋の中に
最後のかすかな光の中で、
歌のようにしみじみとただよう。

おまえの小さい魂は
憂《うれ》わしげに、名のないものに手を差しのべる。
そしておまえの魂はほほえみながら死ぬ、
私の胸で、姉妹なるバラよ。

Weisse Rose in der Dämmerung

うめく風のように

うめく風がやみの中を吹くように、
私の願いはあなたの方に狂おしく飛んで行く。
目ざめたあこがれで一杯だ——
おお、私を病みつかせたあなたは、
私について何を知っているだろう！

そっと私は深夜のあかりを消して、
熱にうかされて幾時間も寝ずにいる。
夜はあなたの顔をしており、
恋を語る風は
あなたの忘れ得ぬ笑い声をしている。

Wie der stöhnende Wind......

死

子どもたちの遊ぶのを見、
その戯《たわむ》れがもはや理解できず、
その笑いがよそよそしく愚かしく聞えたら、
ああ、それは、永久に遠くにいると
思っていた意地わるい敵の警告で、
それはもう鳴りやむことはないのだ。

愛人たちを見ても、
天国をあこがれもせず、
満足して先へ行くとすれば、
ああ、それは心の最も深い思いを
ひそかに諦《あきら》めることなのだ。
それこそ青春に永遠を約束したのに。

意地わるいことばを聞いても、
決してむきになって怒らず、
何も聞えなかったかのように、
ゆうゆうと振舞うとしたら
おお、その時は心の中で
静かに苦痛もなく
聖なる光がけいれんして消えるのだ。

いずれも同じ

Absterben

若い時代を通じ、
私は快楽を追った。
そしてその後は陰鬱《いんうつ》にとざされ、
悩みと痛みとにひたった。

苦痛と快楽とは、今は私にとって

全く兄弟同士になり、溶け合っている。
喜びを与えるにせよ、悲しみを与えるにせよ、
二つは一つにからみ合っている。

神さまが私を地獄の叫びに導くにせよ、
太陽の御空《みそら》に導くにせよ、
私にとっては、いずれも同じことだ。
神さまの御手《みて》を感じることさえできれば。

Beides gilt mir einerlei

寝ようとして

一日のいとなみに疲れて、
私の切なる願いは
疲れた子どものように、
星月夜をしみじみと抱きしめる。

手よ、すべての仕事をやめよ、
ひたいよ、すべての考えを忘れよ、
私の五官はみな
まどろみの中に沈もうとする。

魂はのんびりと
自由な翼で浮び、
夜の魔法の世界に
深く千変万化に生きようとする。

Beim Schlafengehen

見知らぬ町をそぞろ歩く

窓べの赤い花の後ろに
ほのかに光を浴びて、一つのひたいが現われる。
静かなトビ色のまなざしはやさしく
まだ幼な子のような不思議な金色に光っている。

だが、口びると生き生きしたほほは、
改まった素気なさにこだわっている。
異国者の私は微笑しながら彼女を見上げる。
私の歩みはためらい、私の心は
瞬間の熱情に溢《あふ》れて、運命に向って懇願する、
あのひとを一瞬の間ほほえまして下さい！　と。
すると、彼女は立ち上がって、見知らぬ男を
夢みているように、よそよそしく、また親しげに見る。
私の微笑が次第に明るく働きかけるにつれ、
硬《こわ》ばったはにかみが消え、
開かれた口はほほえみながら、
愛らしさとやさしい気持を示す。
だが、私が下に立ちどまると、
彼女は顔をほころばして、窓を閉じる。
赤い花は急に色あせてしまう。
私は小路《こうじ》をそぞろ歩きつづける。

Im Schlendern durch eine fremde Stadt

炎

おまえがつまらぬものの間を踊って行こうと、
おまえの心が憂《うれ》いに苦しみ傷つこうと、
おまえは日ごとに新しく味わうだろう、
生の炎がおまえの中に燃えているという奇跡を。

我を忘れる喜びの瞬間に酔って
その炎を燃え上がらせ、消えつきさせる者も少なくない。
慎重にゆうゆうと自分の運命を
子どもや孫に伝えるものもある。

だが、陰気な薄明を通ずる道を行くもの、
日々の煩《わずら》いにたんのうし
生の炎をついぞ感じないものだけは、
その日々を空《むな》しく失うのだ。

Die Flamme

つれない人々

なぜに君たちの目はそんなにつれないのか。
なんでもみな石にしてしまおうとする。
いささかな夢もその中にはない。
すべてが冷たい現在だ。
君たちの心の中には一体
太陽は輝いていないのか。
君たちはついぞ子どもでなかったことを
悲しんで泣かなくてもよいのか。

Harte Menschen

憩《いこ》いなく

心よ、おまえ、おびえた鳥よ、
くりかえしおまえはたずねなければならない、

こんなに激しい日々ののち
いつ平和が来るのか、安らいが来るのかと。

おお、私は知っている。私たちが
土の下で静かな日を迎えるやいなや、
また新しいあこがれのため、
来る日、来る日が煩《わずら》いになることを。

おまえは、安らかに暮せるようになるやいなや、
新しい悩みのため骨を折り、
一ばん幼い星として焦燥のうちに
空間を赤く熱するだろう。

Keine Rast

少女がうちですわって歌う

（一九一四年十二月）

白い雪よ、冷たい雪よ、
おまえは遠い国で
わたしの恋人のトビ色の髪の中に、
わたしの恋人のいとしい手の上に落ちる。

白い雪よ、冷たい雪よ、
あの人も寒くはないかしら？
言って、あの人は白い野原に寝ているの？
それとも、暗い森の中に寝ているの？

白い雪よ、偽りの雪よ、
わたしの恋人を憩《いこ》わしておくれ！
一体なぜおまえはあの人の髪をおおい、

あの人の目をふさぐの？
偽りの雪よ、白い雪よ、
あの人は死んではいない。
きっと捕えられて
水を飲み、パンをたべているに違いない。

きっと、まもなくあの人はもどってくる、
もう家の外に立っているかも知れない。
わたしは涙をふかなくてはならない、
でないと、あの人を見ることができないから。

Das Mädchen sitzt daheim und singt……

困難な時期にある友だちたちに

この暗い時期にも、
いとしい友よ、私のことばを容《い》れよ。

人生を明るいと思う時も、暗いと思う時も、
私は決して人生をののしるまい。

日の輝きと暴風雨とは
同じ空の違った表情に過ぎない。
運命は、甘いものにせよ、にがいものにせよ、
好ましい糧《かて》として役立てよう。

魂は、曲りくねった小道を行く。
魂のことばを読むことを学びたまえ！
今日、魂にとって苦悩であったものを、
明日は、もう魂は恵みとしてたたえる。

未熟なものだけが死ぬ。
他のものには神性が教えようとする。
低いものからも、高いものからも、
魂のこもった心を養うために。

あの最後の段階に達して始めて、
私たちは自己に安らいを与えることができる。
その境に至って、父に呼ばれつつ
早くも天を見ることができる。

An die Freunde in schwerer Zeit

雨

なまぬるい雨が、夏の雨が
茂みから、木立ちから、さらさらと落ちる。
また重ねてたんのうするまで夢を見るのは
おお、なんと快く、恵まれたことだろう。
私は非常に長い間、外の明るい世界にいた。
どよめくような世の営みに私はなずまない。
よそのどちらにも引き寄せられないで、

私は自分の心の中に住んでいたい。
私は何もほしくない、何も望まない。
低く子どもの調べを口ずさんで、
われから不思議な気持を抱きながら、
夢のあたたかい美しい世界に帰る。

心よ、おまえはなんと傷ついていることだろう。
しかも、なんと幸福なことだろう、目をつぶったまま
模索し、思うことも知ることもせず、
ただ感じるのは、ただ感じるのは！

Regen

寂しい晩

からっぽなビンとコップの中で
ロウソクのかすかな光がゆらぐ。

部屋の中は冷たい。
外では雨が柔らかく草の中に落ちる。

おまえはまたひと休みと、
凍えながら悲しく横になる。
朝は来、晩はまた来る。
絶えずやって来る。
だが、おまえは決してやって来ない。

Einsamer Abend

『夜の慰め』（一九二九年）とその前後

孤独への道

この世がおまえから離れ落ちる。
おまえがかつて愛した
すべての喜びの熱が次第に失《う》せ、
その灰の中から、やみが脅《おびや》かす。

おまえの中へ
おまえは沈む、心すすまぬが、
一きわ強い手に押されて、
凍えながらおまえは、死んだ世界の中に立つ。
おまえの後ろから泣きながら
失われたふるさとの余韻が吹いて来る、
子供らの声とやさしい愛の調べが。

孤独への道は困難だ、

おまえが知っているより困難だ。
夢の泉もかれている。
だが、信ぜよ！
おまえの道のはてに、ふるさとはあるだろう、
そしてまた死と更生と
墓と久遠《くおん》の母とが。

Weg in die Einsamkeit

告白

やさしい光よ、おまえの戯《たわむ》れに
喜んで身を任せている私を見よ。
他の人たちは目的、目標を持っている。
私は、生きているだけで、もう満足だ！

いつか私の心にふれたものはすべて、
私がいつも生き生きと感じていた

無限なもの、唯一《ゆいいつ》のものの
比喩《ひゆ》に過ぎない、と私には思われる。

そういう象形文字を読むことは、
いつも私に生きがいを与えるだろう。
永遠なもの、本質は、
私自身の中に住んでいるのを私は知っているから。

Bekenntnis

内面への道

内面への道を見出《みいだ》したものには、
熱烈な自己沈潜のうちに、
知恵の核心を、つまりは、
自分の心は、神と世界を、形象として比喩として
選ぶに過ぎぬ、ということをほのかに感じるものには、
すべての行為と思考とは、

世界と神とを含む
自己の魂との対話となる。

Weg nach innen

書物

この世のあらゆる書物も
おまえに幸福をもたらしはしない。
だが、書物はひそかに
おまえをおまえ自身の中に立ち帰らせる。

おまえ自身の中に、おまえの必要とする一切がある、
太陽も、星も、月も。
おまえのたずねた光は
おまえ自身の中に宿っているのだから。

おまえが長い間

万巻の本の中に求めた知恵は
今どのページからも光っている、
それはおまえのものなのだから。

Bücher

夕べ

夕べとなれば、恋人が連れ立って
ゆっくりと野を歩く。
女たちは髪を解き、
商人たちは銭《ぜに》をかぞえ、
市民たちは心配そうに、
夕刊でニュースを読み、
幼な子らは小さいこぶしを握って
ぐったりと深く眠る。
めいめいただ一つのほんとのことをし、
高い義務に従う、

市民も、乳のみ児《ご》も、恋人同士も——
さて私自身はそうしないのか。

するとも！　私が奴隷《どれい》になって
やっている私の夜の仕事も、
世界の精神には欠かされないのだ。
それにも意味はある。
それで私はあちこちと歩き、
心の中で踊り、
ばからしい俗歌を口ずさみ、
神と自分とをほめたたえ、
ブドウ酒を飲んでは
自分はトルコ総督だと空想し、
腎臓《じんぞう》に不安を感じ、
微笑しては、もっと飲み、
(あすは、こうはいかないが)
きょうは、自分の心の動きを肯定し、

過去の苦痛から手なぐさみに
一つの詩を紡《つむ》ぎ出し、
月と星とがめぐるのを見、
その意味をほのかにうかがい、
自分が月や星と一しょに旅するのを感じる、
どこへ行くかは、かまったことではない。

Abends

兄弟なる死

私のところにもおまえはいつかやって来る。
おまえは私を忘れない。
それで悩みも終りだ。
それで鎖も切れるのだ。
まだおまえは縁遠く離れているように見える。
愛する兄弟なる死よ。

冷たい星として、おまえは
私の苦しみの上にかかっている。
だが、おまえはいつか近づいて
炎に包まれるだろう——
おいで、いとしいものよ、私はここにいる。
私を抱いておくれ、私はおまえのものだ。

Bruder Tod

幼い日から

幼い日から、
かつて私に幸福を約束した
響きが、私を追って漂って来る——
この響きがなかったら、
生活はあまりにもつらいものだろう。
その不思議な力がひびかなかったら、

私は光なく立ち、
身のまわりのどこにも不安とやみを見るだろう。
だが、私のなめた悩みを貫いて
いつもいつも
幸福に満ちた甘い音がひびく、
悲しみにも罪にもそこなわれない音が。
おまえ、なつかしい声よ、
私の家の光よ、
もう二度と消えないでおくれ、
青い目を二度と閉じないでおくれ！
そうでないと、世界は
やさしい光をすっかり失い、
星や星くずがつぎつぎと落ち、
私はひとりぼっちになる。

Aus der Kindheit her

世界、われらの夢

夜、夢の中で、町々や人々や、
怪物や蜃気楼《しんきろう》や、
ありとあらゆるものが
魂の暗いところから立ちのぼる。
それは君の形づくったもの、君自身の作品だ、
君の夢だ。

昼間、町や小路《こうじ》を通って行き、
雲や人々の顔を見よ、
そうしたら、君は驚いて悟るだろう、
すべては君のもので、君はその作者であることを。
君の五官の前で
複雑多様に生き動いているものは、
全く君のものであり、君の中にあり、

君の魂が揺すっている夢なのだ。

君自身を通って永遠に歩み、
あるいは君自身を制限し、あるいは拡《ひろ》げつつ
君は語るものであると同時に聞くものであり、
創造者であると同時に破壊者である。
久しく忘れられていた魔力が
神聖な幻を紡《つむ》いでいる。
そして測り知れぬ世界は
君の呼吸によって生きている。
Die Welt unser Traum

夜の不安

時計は壁のクモの巣と不安に語っている。
よろい戸に風が吹きすさぶ。

私のゆらぐロウソクは
垂れきって、燃え落ちてしまった。
コップの中にはもはやブドウ酒がなく、
すみずみの影が
その長い指を私の方にのばす。

幼な児《ご》のころのように
私は目を閉じ、重く呼吸する。
不安が、イスにうずくまっている私をとりこにする。
だが、もうおかあさんは来てくれない。
口やかましいが親切な女中ももう来てくれない。
彼女は私の腕をとって、恐ろしい世界の
魔法を親切に解き、慰めで新しく世界を明るくしてくれるのに。
長い間、私はやみの中にうずくまったままでおり、
屋根に風を聞き、壁の中にはじけ鳴る死を聞き、
壁紙の後ろに砂の流れるのを聞き、
死が凍える指で紡《つむ》ぐのを聞く。

私は目を見ひらいて、死を見、つかもうとし、
虚空《こくう》を見て、死が遠くで
嘲《あざけ》りの口びるから低く口笛をふくのを聞く。
そして寝床にさぐり寄る――眠れるものなら、
喜んで眠るものを!
だが、眠りは、おびえた鳥になってしまい、
とらえて引きとめておくのはむずかしいが、殺すのはたやすい。
鳥は鋭い嘲りの声で口笛をふきつつ
騒々しく羽ばたいて烈風の中を飛び去る。

Angst in der Nacht

無常

命の木から葉が落ちる、
一枚また一枚。
おお、目くるめくばかり華やかな世界よ、
なんとおまえは満ち足らせることか、

なんとおまえは満ち足らせ、疲れさすことか、
なんとおまえは酔わせることか！
きょうはまだあつく燃えているものが、
間もなく消えてしまう。
やがて、私の茶色の墓の上を
風が音を立てて吹き過ぎる。
幼な子の上に
母が身をかがめる。
母の目を私はもう一度見たい。
母のまなざしは私の星だ。
他のものはすべて移ろい消え去るがいい。
すべてのものは死ぬ、喜んで死ぬ。
永遠な母だけは、とどまっている、
私たちの生れて来た母だけは。
母の戯《たわむ》れる指が
はかない虚空《こくう》に私たちの名を書く。

Vergänglichkeit

陶　酔

酔いしれた夜の中で
森と遠方が私の方にからだを曲げる。
私は青空と冷たい星と
夢の傷ついた華麗さを呼吸する。
おお、そうすると、酔った世界が
女のように私の胸に横たわり、
うっとりした苦痛のうちにあかあかと燃え、
その叫びは、かん高く眩惑《げんわく》させる。
遥《はる》か遠い深みから来る
けもののうめきと羽ばたき、
海辺で過した青春時代の
跡かたもなくなった日々の余韻、
いけにえの叫びと人間の血、
火あぶりの死と修道院の僧房、

すべては私の血の波、
すべては神聖で、よい！
何ものも外になく、何ものも内になく、
何ものも下になく、何ものも上になく、
すべての固いものは消滅しようとし、
すべての限界は飛散した。
星は私の胸の中をめぐり、
ためいきは空に没し、
すべての生命の心と喜びとが
一そううっとりと燃え、一そう華やかにゆらぐ。
あらゆる陶酔が私には好ましく、
私はあらゆる苦痛に胸を開き、
祈りつつ流れこみ、
世界の心臓に引き入れられる。

Verzückung

秋

しげみの中の鳥たちよ、
なんとおまえたちの歌は
あからむ森にそって舞うことか——
鳥たちよ、急げ！

やがて、吹きすさぶ風が来、
やがて、刈り取る死が来る。
やがて、灰色の妖怪《ようかい》が来て笑うと、
私たちの胸はこごえ、
花ぞのは華やかさをことごとく失い、
生命は輝きをことごとく失う。

木の葉の中のいとしい鳥よ、
いとしいはらからよ、

さあ、ともどもに楽しく歌おう。
やがて私たちはちりになるのだ。

Herbst

十一月

ものみながおおわれ、色あせようとする。
霧の日々が不安と心配を孵《か》えす。
嵐《あらし》の吹きすさんだ夜が明けると、氷の音がする。
別れが泣き、世界は死に満ちている。

おまえも死ぬことと身を任せることを学べ。
死ぬるということは、神聖な知恵だ。
死の用意をせよ——そうすれば、死に引立てられながらも、
より高い生へはいって行けるだろう！

November

ある女性に

私はどんな愛にも値しません。
ただ燃え果てるばかりで、どんなふうに燃えるかは知りません。
私は、雲の中から発する電光です。
風です、あらしです、メロディーです。

しかし私は喜んで愛をいくらでも受入れます。
歓楽と犠牲を受入れます。
涙がどこにでも付きまといます、
私はひとに親しまず、心もかわりやすいのですから。

私が心がわりしないのは、自分の胸の中の星に対してだけです。
この星は破滅をさし示し、
あらゆる喜びを拷問《ごうもん》に変えるのですが、
私はやはりこの星を愛し、たたえるのです。

私はネズミ狩る男、誘惑者にちがいありません。
はかなく消えるにがい喜びをまき、
あなた方に、子どもであれ、動物であれ、と教えます。
そして私の主人は、案内者は、死です。

Einer Frau

イタリアを望む

湖のかなたに、バラ色の山の後ろに、
イタリアが横たわっている、私の青春の賛仰の国が、
私の夢になじんだ故郷が！
赤い木立ちは秋を語っている。
私の一生の秋の初めにのぞんで
私はひとりすわって、
世界の美しいむごい目をのぞきこみ、
愛の色を選んで、描く。

この世界は私をあんなにもたびたび欺《あざむ》いたが、
私はやっぱり世界をいつもいつも愛している。
愛と、孤独、
愛と、満たされぬあこがれ、
それが芸術の母だ。
私の一生の秋にもまだ、
それらは私の手を引いて導いてくれる。
そのあこがれの歌が
湖と山々と、別れを告げる美しい世界に
不思議な力で輝きをひろげる。

Blick nach Italien

冬の日

おお、なんと美《うる》わしく、きょうは
雪の中で光が冷めることよ!

おお、なんと優しくバラ色の遠空が火花を散らすことよ！――
だが、夏、夏ではない。

ひと時も休まず、私の歌はあなたに話しかける、
遥《はる》かな花嫁の姿よ。
おお、なんと優しくあなたの情けは私に話しかけることよ！――
だが、愛、愛ではない。

長い間、情けの月光は照らなければならない。
長い間、私は雪の中に立たなければならない。
いつの日か、あなたと空と山と湖とが、
深く愛の夏の炎熱の中でやけるまで。

Wintertag

短く切られたカシの木

カシの木よ、おまえはなんと切り詰められたことよ！

なんとおまえは異様に奇妙に立っていることよ！
おまえはなんとたびたび苦しめられたことだろう！
とうとうおまえの中にあるものは、反抗と意志だけになった。
私もおまえと同じように、命を切り詰められ、
悩まされても、屈せず、
毎日、むごい仕打ちを散々なめながらも、
光に向って新たにひたいをあげるのだ。
私の中にあった優しいものを、柔らかいものを
世間が嘲《あざけ》って、息の根をとめてしまった。
だが、私というものは金剛不壊《ふえ》だ。
私は満足し、和解し、
根気よく新しい葉を枝から出す、
いくど引き裂かれても。
そして、どんな悲しみにも逆らい、
私は狂った世間を愛しつづける。

Gestutzte Eiche

絶望からの目ざめ

悩みの興奮から、私は
よろめきながら起き上がり、
涙をすかしてふるえながら、改まった世間を見る。

もう夏は森にそってにおい去る——
おお、緑色つややかな夕べよ、星空よ、
なんとおまえたちは私の胸をあこがれに溢《あふ》れさすことよ！

友よ、君たちはまだ生きているか。
ブドウ酒よ、おまえはまだ輝いているか。
おまえはまだ私のものか、魅せられた世界よ、
久しいあいだ私はそこに空虚だけを見、
今は涙を距《へだ》てて遠くから動いて行くのを見るだけだ。
昔の輪舞はもう一度始まるだろうか、

甘い夏の魅力は、死んだものを
もう一度引きもどすだろうか。

まだ魂は奇跡を疑っている。
まだ夏と森は私のものにもどらない。
しかし星は一そう神聖に明るく輝いている。
私は無言で耳をすます、
久しいあいだ私に語らなかった現世の鐘よ、
私の運命の歌をからかねの音に響かせよ、
そうすれば、私の胸もためらいながらこだまする。

Erwachen aus der Verzweiflung

恋の歌

私は雄ジカ、そなたは小ジカ、
そなたは鳥、私は木、
そなたは太陽、私は雪、

そなたは昼、私は夢。

夜、私の眠っている口から
金の鳥がそなたのもとへ飛んで行く。
その声はさえ、翼はきらびやかな色。
鳥はそなたに恋の歌を歌う。
鳥はそなたに私の歌を歌う。

Liebeslied

熱のある病人

私の生活は罪に満ちていた。
多くの罪がゆるされる。
ただ人々はゆるしてくれない。
人々は理解せず、ゆるさず、
私の墓に石を投げる。
だが、星が私を迎えに来てくれ、

月が私に笑いかける。
私はその小舟に乗り、
輝く夜を静かに走る。
星の軌道を縫って静かに、
輝きが私を疲らせ、目くらませ、
ものみながぐるぐるまわり、漂い、
母がまた私を抱きとってくれるまで。

Der Fieberkranke

家に帰る

長い旅からもどって来、
冷たい部屋に、待ちうけている郵便を見つける。
腰をおろして、重苦しい気持で手紙を開き、
息苦しい寒気の中に白い息を吐く。
ああ、君たちはなんと色々な手紙をくれることだろう。

見知らぬ人や、私と同じ巡礼や求道者は!?
——ものみなのかげに夜と秘密が眠っていなかったら、
生活はどんなにか荒涼とすさまじいことだろう!

君たちの手紙を私は黒い暖炉に積み上げる。
君たちのたずねることに対し、私は答えを知らない——
ぎらぎらと燃え上がる炎で私と共に暖まれ、
あすはまたあすの日の明けるのを、私と共に喜べ!
世界は冷たく、私たちのまわりに敵意ある壁をめぐらしている。
私たちの心だけは太陽で、楽しむことができる——
おお、世界の数々の幻よりも生きながらえる
内気な火花が、私たちの胸の中でなんとふるえることよ!
Heimkehr

病める人

風のように私の命は吹き去った。
私はひとり伏して、寝もやらずにいる。
窓に三日月がかかって、
私のすることをながめている。
私は横たわり、長い間こごえ、
部屋の中に死を感ずる——
心よ、どうしておまえはそんなに不安に鼓動するのか。
おまえはまだ燃えているのか。
小声で私は歌い始め、
小声で月と風について、
雄ジカと白鳥について、
マリアとそのみどり児《ご》について歌う。
歌うことのできる歌は
残らず胸に浮ぶ。

星と月がはいって来る、
森と小ジカは私の心の中にいる。
すべての苦痛と喜びが
私の閉じた目の奥で溶け去り、
区別するよしもない。
すべてが甘く、すべてが燃える。
私は自分がどこにいるのか知らない。
あおざめた口びると青い口びるの女たちが来、
恋ゆえにおびえたロウソクのようにゆらぐ。
彼女らのひとりの名は死、
おお、その燃えるまなざしはなんと私の心臓を吸うことよ！
神々はその老いた目を開き、
秘められた天国を開く、
笑いの天国と涙の天国を。
そして星を急回転させ、
月や日を残らず輝かせる。

私の歌は次第に低くなり、沈黙する。
眠りが天国のさ中から
神々の世界にそい、
星の軌道を歩んで来る。
その歩みは雪の上を歩くようだ……
私は何をこうべきか……？
私の悩んだことは残らず消え去り、
苦痛を与えるものは何もない。

病　気　*Der Kranke*

夜よ、ようこそ！　星よ、ようこそ！
私は眠りにこがれる。私はもう起きていられない。
もう考えることも、泣くことも、笑うこともできない。
ただ眠りたい。
百年も千年も眠りたい。

頭上を星が移って行く。
私がどんなに疲れているか、母は知っている。
母はほほえみながらかがむ。髪の中に星が光っている。

母よ、もう夜を明けさせないで下さい。
もう昼が私の中にはいってこないようにして下さい。
白日の光はひどく意地悪で敵意を持っています。
私にはそれを言うことができません。
私は長い暑い道を歩きました。
私の胸はすっかり燃えてしまいました――
夜よ、開け、そして私を死の国に導け！
他《ほか》に願いはない。
もう一歩も歩けない。
母なる死よ、手をかして、
あなたの無限な目をのぞかして下さい！

Krankheit

祈り

Gebet

神さま、私をして私に絶望させて下さい、
しかし、あなたに絶望させないで下さい！
迷いの嘆きを残りなく味わわして下さい、
あらゆる苦悩の炎をして私をなめさせ、
私をしてあらゆる辱《はずかし》めを受けさせて下さい！
私が自分を保持するのを助けないで下さい、
私が自分をひろげるのを助けないで下さい！
しかし、私の我《が》のすべてが砕けた時は、
それを砕いたのはあなたであったことを、
あなたが炎と苦悩を生んだことを、
私に示して下さい。
なぜなら、私は喜んで滅び、
喜んで死にますが、
私はあなたの中でなければ死ねないのですから。

クリングゾル、「影」に向って

夜となってメリーゴーラウンドのほとぼりも冷め、
踊りははて、音楽は火花のように消え、
食卓はブドウ酒で赤かった。
私たちはすわりつづけ、酒に疲れてじっと見つめていた。
むっとする風が開いた戸からはいって来た。
死が庭に立っていた。

おまえはおまえの道を、私は私の道を、
私たちは黙々と出て行き、夜の宿りを求めた。
喜びは燃えつきていた。
あの時この方、あの時の夜風が
私の耳にひびく。どの道にも、どの入口にも
いつも変らず死が立っている。

Klingsor an den "Schatten"

詩人の最後

夜ふけて遅くまで、消える燈火《とうか》のもとに
私は自分の詰らぬ詩に向って腰かけている。
私の詩句は手の中で砕け、
私の後ろには、鎌《かま》を持った男が立って笑っている。

私は書いた紙をロウソクで燃やす、
向うで寝床が私を待っているが、ああ、眠りではない。
眠りと夢、おまえたち慰め手は、私からのがれ、
どこに行ったのか、私がこの運命に見舞われてのち。

小さいゆらぐロウソクよ、ひと思いに死ね、
つくられたものはみな死をめざすのだ！
燃えよ、詩句！　おまえたちはなんと早く燃えつきたことよ！

そして私はなんと生き長らえ過ぎたことよ！
休むことなき血よ、おまえはもう消えよ、そしてそれを喜べ。
死は歓喜であり、異郷と苦悩とからの帰郷だ。
心臓よ、おまえの濁った熱を天に飛散させよ、
いやしむべき処刑前の食卓から、笑って潔《いさぎよ》く離れよ！

Dichter's Ende

どこかに

人生の砂漠《さばく》を私は焼けながらさまよう、
そして自分の重荷の下でうめく。
だが、どこかに、ほとんど忘れられて
花咲く涼しい日かげの庭のあるのを私は知っている。
だが、どこか、夢のように遠いところに、

憩《いこ》い場が待っているのを、私は知っている、
魂が再び故郷を持ち、
まどろみと夜と星が待っているところを。

Irgendwo

ある少女に

すべての花の中で
おまえは私にとって最愛のものだ。
おまえの口の息吹《いぶ》きは甘く、ういういしい。
あどけなく、しかも楽しさに溢《あふ》れて、おまえのまなざしは笑う。
花よ、私はおまえを夢の中に持ちこむ。
夢の中の色もあやな
歌う不思議の木の間に、おまえのふるさとはある。
そこではおまえは決してしぼまない。
そこで、私の心の愛の歌の中で、永遠に
おまえの青春は、深いかおりをこめて咲きつづける。

たくさんの女の人を私は知った。
たくさんの人を苦しみながら愛した。
たくさんの人を悲しませた——
今、別れを告げながらおまえを通して
もう一度、優美の魔力に、
青春のやさしい魅力にあいさつする。
そして私の深く秘めた歌の
夢の園の中で、
私にこれ程たくさんのものを贈ってくれたおまえを、
私はほほえみつつ感謝しつつ、不滅な人の列に加えよう。

Einem Mädchen

ホテルで病む

隣室の紳士はひどく神経質らしい。
ボーイと話している。その声が苦しそうで怒っている。

かわいそうな人、私には彼の気持がよくわかる。
だが、うるさくなる——悪魔にさらわれてしまえ！
私はけいれんする文字で詩を書きなぐり、
ミルクとビスケットを待ちながら、
ひっきりなしに上下する昇降機のうめき声を耳にする。
階段口から、乾いた赤松の中を吹く東風《ひがし》のように、
幾時間も絶えず電気掃除機の音が聞える。

今度は使いの男が名刺を持って来る。
「この方が下でお待ちです。是非あなたに
お目にかかりたいそうです。」私は頭をふる。
——そんなやつは足でも折るがいい！
生きることはつらい。辛抱することはつらい。
ものの十行と落ちついて詩を書かせてくれない。
さてミルクが来る。盆を二つ投げこみ、
ほかに用は、とたずね、また私をひとりにして行く。
ありがたい。だが、隣室では、

神経質な紳士が相変らずがみがみ言っている。

Krank im Hotelzimmer

ある編集部からの手紙

「貴下の感動的な詩に対し厚く感謝いたします。
それはわれわれに深い印象を残しました。
しかし当方の紙面にはやや不向きに思われるのは、
まことに遺憾に存じます。」

こういうふうにどこかの編集部が毎日のように
書いてよこす。つぎつぎと新聞雑誌が逃げを打つ。
秋の香《にお》いがする。零落の子は
どこにも故郷のないことを、はっきり悟る。

それで自分のためにだけ、あてもなく書き、
まくらもとの小卓の上のランプにそれを読んできかす。

多分ランプも私に耳をかさないだろう。
だが、明るくしてくれて黙っている。それだけでもありがたい。

Brief von einer Redaktion

歓　楽

Wollust

ひたぶるに流れ、ひたぶるに燃え、
ひたむきに火の中にとびこむ、
心を奪われ、身をまかせて、
限りない炎に、いのちに！

だが、突然おびえ震えて、
限りない幸福の中から
心は不安に満ちて引返そうと切望する、
愛の中に死の気配を感じた心は……

『新詩集』（一九三七年）とその前後

八月の終り

もう諦《あきら》めていたのに、夏は
もう一度力をとりもどした。
夏は、だんだん短くなる日に凝り固まったように輝く、
雲もなく焼きつく太陽を誇り顔に。

このように人も一生の努力の終りに、
失望してもう引っ込んでしまってから、
もう一度いきなり大波に身をまかせ、
一生の残りを賭《と》して見ることがあろう。

はかない恋に身をこがすにせよ、
遅まきの仕事にとりかかるにせよ、
彼の行いと欲望の中に、終りについての
秋のように澄んだ深い悟りがひびく。

Ende August

クリングゾルの夏の思い出

もう十年になる。クリングゾルの夏が燃えるように輝き、
私が彼と暑い夜な夜なを陶然と
ブドウ酒と女に楽しくすごし、
酔ったクリングゾルの歌を歌ってから。

今は夜な夜なが、なんと変りはてて、味気なく見え、
なんと静かに私の日が過ぎて行くことよ！
たとえ魔法のことばが、かつての陶酔を
再び持って来たとしても——私はもうそれを望まない。

せわしい時の車輪を逆にころがそうとはせず、
血の中の忍び足の死を静かにうべない、
大それたことをもはや望まぬこと、
それが今は私の知恵、私の心の宝だ。

他の幸福、新しい魔法がその後いく度か
私をとらえた。ライン河に月の映るように、
星や神々や天使や色々の姿を幾時間か憩《いこ》わせる
鏡に甘んずることが、その幸福だ。

Gedenken an den Sommer Klingsors

イエスと貧しいものたち

おん身は死にました、いとしいはらからなるキリストよ。
だが、おん身が身代りとなって死んだ人々は、どこにいるでしょう？
おん身はすべての罪人の苦しみのために死にました。
おん身の肉体は聖なるパンとなりました。
そのパンを僧と正しい人々は安息日に食べますが、
飢えた私たちは彼らの戸ぐちに物ごいに行きます。

私たちは、肥え太った僧が満腹しているもののため
ちぎり与えるおん身のゆるしのパンを食べません。
さて彼らは行き、金をもうけ、戦い、殺します。
彼らのひとりもおん身によって幸福になったものはありません。

私たち貧しいものはおん身の道を行きます、
貧窮と恥と十字架とに向って。
他の人々は聖なる晩餐《ばんさん》から帰り、
僧を、あぶり肉と菓子に招きます。

はらからなるキリストよ、おん身はむなしく悩みました——
満腹している人々に彼らの求めるものを与えなさい！
私たち飢えたものはおん身から何物も求めず、
ただおん身を愛するばかりです。おん身は私たちのひとりですから。

Jesus und die Armen

しぼむバラ

このことを悟る人が多ぜいいるように、
このことを学ぶ愛人が多ぜいいるように。
こうも自分の香《にお》いに酔いしれ、
息の根をとめる風に心を打ちこんで傾聴し、
こうもバラ色の葉の戯《たわむ》れと化し去り、
むつまじい愛の食卓からほほえみながら離れ、
こうも別れをうたげのように祝い、
こうもやすやすと肉体を脱し、
口づけのように死を飲むことを。

Verwelkende Rosen

青いチョウチョウ

小さい青いチョウが

風に吹かれてひらひらと飛ぶ。
真珠母の色のにわか雨のように
きらきらとちらちらと光って消える。

そのようにたまゆらのまばたきで、
そのようにふわりと行きずりに、
幸福が私をさし招き、きらきらと
ちらちらと光って消えるのを、私は見た。

Blauer Schmetterling

九月

庭が悲しんでいる、
冷たく花の中に雨が沈む。
夏がそっと身ぶるいする、
その終りに向って。

金色のしずくとなって、木の葉が一枚一枚、
高いアカシアの木から落ちる。
夏は驚き疲れて
死に行く庭の夢の中にほほえむ。

まだ長い間バラのもとに
夏はとどまり、休らいを慕い、
おもむろに、大きな
疲れた目を閉じる。

September

ある幼な児《ご》の死に寄せて

今はもうおまえは行ってしまった、幼な児よ。
この世の何も味わわずに。
私たち老いたものたちがまだ
衰えたよわいの中に捕えられているのに。

うつし世の風と光を味わうのに、
一いき呼吸し、一度まなざしを動かすだけで
おまえは満ち足りたのか。
おまえは眠り入って、もはやさますよしもない。

その一いきと、ひと目のうちに多分
この世のありとあらゆる営みや
姿が映ってしまったのか。
おまえは驚いて引っ込んでしまった。

私たちの目の光がいつか消える時、幼な児よ、
この目はおまえの目より以上に
うつし世をよく見はしなかったと、幼な児よ、
私たちはきっと思うことだろう。

Auf den Tod eines kleinen Kindes

ある友の死の知らせを聞いて

無常なものは速《すみ》やかにしぼむ。
枯れた年々は速やかに散り去る。
永遠と見える星も嘲《あざけ》りの光を放っている。

私たちの胸の奥の魂だけが、
嘲らず、痛まず、動ぜず、
世の営みを見ているだろう。
魂にとっては、「無常」も「永遠」も
等しく貴くもあり、詰らなくもある……

だが、心は
それに逆らい、愛に燃え上がり、
身を委《ゆだ》ねる、しぼむ花よ、
限りない死の叫びに、

限りない愛の叫びに。

Bei der Nachricht vom Tod eines Freundes

キリスト受苦の金曜日

ほの暗く垂れこめた日。森にはまだ雪がある。
葉の落ちた木の中でツグミが歌っている。
春の呼吸は不安げにふるえている、
よろこびにふくれ、悲しみに重く。

黙々とささやかに、草の中に、
サフラン族とスミレの群れが。
なにとは知れず、内気な香《にお》い。
死の香いがする。祝いの香いがする。

木の芽は涙でめしいている。
空はいたく不安に低く垂れている。

どの園も、どの丘も、
ゲッセマネだ、ゴルゴタだ。

Karfreitag

新しい家に入るに際し

母の胎内から来て
土の中で朽ちる定めをもって、
人間は不思議そうに立っている。
神々の追憶が朝の夢に軽く触れる。
それから人間は神を離れ、大地に向い、
働き努める。あわただしい生活の
過ぎこし方と行く手とを恥じ、おそれつつ、
家を建てて、それを飾り、
壁を塗り、たんすを満たし、

友だちと宴《うたげ》を祝い、そして
愛らしい笑う花を植える、門の前に。

Beim Einzug in ein neues Haus

春のことば

どの子どもでも知っている。春の語ることを。
生きよ、伸びよ、咲け、望め、愛せ、
喜べ、新しい芽を出せ、
身を投げ出し、生を恐れるな！

どの老人でも知っている。春の語ることを。
老いたる人よ、葬《ほうむ》られよ、
元気な少年に席をゆずれ、
身を投げ出して、死を恐れるな！

Sprache des Frühlings

あらしの後の花

兄弟のように、みんな同じ方を向いて
かがんだ、滴《しずく》の垂れる花が風の中に立っている。
まだおどおどとおびえ、雨にめしいて。
弱い花はいくつも折れて、見る影もない。

花はまだ麻痺《まひ》したまま、ためらいつつおもむろに
頭をなつかしい光の中にまた上げる。
私たちはまだ生きている、敵にのみ込まれはしなかったと、
兄弟のように、最初の微笑を試みながら。

そのながめで私は思い出す。自分が気も遠く
ぼんやりした生の衝動に駆られ、やみと不幸とから、
感謝しつついとおしむやさしい光に
立ち帰った時のかずかずを。

Blumen nach einem Unwetter

夕暮の家々

遅い斜めの金色の光の中に
家々の群れが静かに赤々と照らされている。
いみじくも深い色の中に、
そのまどいの夕べが祈りのように咲いている。

家々は互いにしっくりと寄り添い合い
姉妹のように丘の斜面に根ばえている。
だれも習いはしないがだれでも歌える
歌のように、簡素に古めかしく。

壁、漆喰《しっくい》、かしいだ屋根、
貧しさと誇らしさ、衰えと幸いが、
愛情こめてやさしく深く、

昼に向ってその熱を照らし返す。

Häuser am Abend

夜の雨

眠りの中まで雨の音が聞え、
私はそれで目をさました。
雨が聞え、はだ身に感ぜられる。
そのざわめきが夜を満たす。
湿っぽく冷たい無数の声で、
ささやきで、笑いで、うめきで。
流れるように柔らかい音のもつれに
私はうっとりと耳をすます。

きびしく照りつけた日々の、
つれない、ひからびた響きのあとで、
なんとしんみりと、幸福におどおどと

雨の穏やかな嘆きは呼ぶことだろう！
どんなにつれなく装っても、
誇らしい胸の中から、同じように、
いつかすすり泣きのあどけない喜びや、
涙のいとおしい泉がわき出て、
流れ、訴え、不思議な力を解いて、
語らぬものを語らせ、
新しい幸福と悩みに
道を開き、魂をひろげる。

Nächtlicher Regen

回想

斜面にエーリカが咲いている。
エニシダが茶色のほうきのように見つめている。
五月の森がどんなに柔らかい緑だったか、

今日まだだれが覚えていよう?

どんなにツグミの歌とカッコウの叫びが
ひびいたか、今日まだだれが覚えていよう?
あんなに魅惑的にひびいたものが、
もう忘れられ、歌いつくされた。

森の中の夏の夕べの祭り、
かなたの山の上の満月、
だれがそれを書きとめ記憶にとどめているか。
何もかももう散りぢりになってしまった。

間もなく君のことも、ぼくのことも、
知る人も語る人もなくなるだろう。
ここには他の人々が住み、
私たちはだれにも惜しまれないだろう。

私たちはよいの明星と
初霧を待とう。
神さまのしろしめす広い庭で
私たちは喜んで咲き、しぼもう。

Rückgedenken

晩夏のチョウチョウ

たくさんのチョウチョウの季節が来た。
遅咲きのクサキョウチクトウの香《にお》いの中でチョウは緩やかに踊り酔っている。
チョウは声もなく青い空の中から浮んで来る。
ヒオドシチョウ、アゲハチョウ、ヒョウモンチョウ、
臆病《おくびょう》なアキツバメ蛾《が》、赤い燈蛾《とうが》、
キベリタテハチョウ、ヒメタテハチョウ、
ビロウドと毛皮でふちどられた色も豪華に
宝石のようにきらめきながら浮んで来る。
きらびやかに悲しげに、黙々と酔いしれて、

滅んだおとぎ話の世界からやって来る。
ここでは異郷ものだが、楽園のような
純朴《じゅんぼく》な沃野《よくや》から来て、まだ蜜《みつ》のような露にぬれている。
東の国から来た、たまゆらの命の客。
失った故郷のように私たちが夢に見る国の、
まぼろしの使いだから、チョウは私たちにとって、
一きわ気高い生のやさしい担保なのだ。

一切の美しいもの、無常なものの象徴、
あまりにもやさしいもの、豪華なものの象徴、
老いた夏王の祝宴の
憂鬱《ゆううつ》な、黄金に飾られた客!

Schmetterlinge im Spätsommer

夏は老《ふ》け……

夏は老け疲れて、

むごい手をさげ、
うつろに国を見わたす。
今は終った。
夏はその火花を吐きつくし
その花を焼きつくした。

あらゆるものが同じようになる。
終りに私たちは疲れて振返り、
寒けにふるえながら、うつろな手に息をふきかけ、
幸福とか、行いとかが、
いつかしらあったのかと疑う。
私たちの生活は遠く後ろに横たわっている。
読んでしまったおとぎ話のように色あせて。

かつて夏は春を打ち倒し、
自分の方が若く強いと思った。
いま夏はうなずいて笑っている。

きょうこのごろ、夏は全く新しい楽しみを考えている。
もう何も望まず、何事も諦《あきら》め、
ひざを折ってうずくまり、
あおざめた手を冷たい死にまかせ、
何事ももう聞かず見ず、
眠りこみ……消え……果てる……

Sommer ward alt

しおれた葉

花はみな実になろうとし、
朝はみな夕べになろうとする。
永遠なものはこの地上にはない、
変化とあわただしい移ろいのほかには。
美しい限りの夏もいつかは

秋と衰えを感じようとする。
葉よ、根気よくじっとしていよ、
風がおまえを誘惑しようとしたら。

おまえの戯《たわむ》れを戯れよ、逆らうな、
静かになすにまかせよ。
おまえを折る風のままになり、
家路へ吹き運ばれよ。

Welkes Blatt

沈思

精神は神のごとく永遠である。
われらはその似姿であり道具であって、
われらの道はこの精神に向っている。
われらのせつなるあこがれは、精神のごとくなり、その光に輝くことである！

しかし、われらは地上のもので、死すべきものに造られている。
われら被造物の上には鈍く重みがかかっている。
自然はやさしく母らしく暖かくわれらを抱き、
大地はわれらに乳を与え、揺りかごと墓はわれらを寝かせる。
しかし自然はわれらに平和を与えない。
不滅な精神の火花が
自然の母らしい魔力を貫いて、
父らしく幼な児《ご》をおとなにし、
無邪気さを消し去り、われらを戦いと良心に呼びさます。

こうして、母と父の間、
肉体と精神の間に、
創造の最ももろい子はためらう。
人間はおののく魂で、他のどんなものにもまさって、
悩む力を持つとともに、至高のものを果す力を持つ。
至高のものは、即《すなわ》ち信仰と希望とをそなえた愛。

人間の道は困難で、罪と死がその糧《かて》である。
しばしば彼はやみに迷い、生れざりしならばと、
感ずることもしばしばである。
しかし彼の上には永遠に彼のあこがれと
使命が輝いている。即ち、光と精神とが。
そしてわれらは感じる、危きもの、人間を、
永遠なものは特別な愛をもって愛しているのを。

それゆえ、われら迷える兄弟には
仲たがいのうちにあっても、愛は可能である。
裁きと憎しみでなくて、
忍耐づよい愛が
愛する忍耐が
われらを神聖な目標に近づける。

Besinnung

ある詩集への献詩

Ⅰ

よしやもはや満ちあふれることなく、
輪舞にははや秋の調べがあろうとも、
われらは黙すまい。
かつて鳴り出たものが後に鳴りいだす。

Ⅱ

あまたの詩句を私はつづった。
残っているものはまれだ。
だが、詩は依然として私の戯《たわむ》れと夢だ。

秋風は枝々をゆすり、
取り入れの祭りのため、色はなやかに、
命の木の葉はそよぐ。

Ⅲ

葉は木から、
歌は命の夢から、
戯れつつそよぎ去る。
あまたのものが滅んだ、
心こもれるメロディーを、
私たちが初めて歌った時から。

歌もまた命はかなきもの、
とわにひびく歌はない。
すべては風に吹き散らされる。
花もチョウも、
すべて朽ちせぬものの
たまゆらなたとえに過ぎない。

Widmungsverse zu einem Gedichtbuch

嘆き

われらには存在は与えられていない。われらは流れに過ぎない。
われらは喜んであらゆる形に流れ込む。
昼に、夜に、洞穴《ほらあな》に、寺院に。
われらは貫き進む。存在への渇望《かつぼう》がわれらを駆る。

こうしてわれらは休みなく形をつぎつぎと満たす。
しかしどの形もわれらの故郷、幸福、仮借ない運命にはならない。
われらは常に途上にあり、常に客である。
畑もすきもわれらを呼ばず、われらのためにパンは生《は》えない。

神がわれらをどうおぼしめしているか、われらは知らない。
神はその掌中の粘土なるわれらをもてあそぶ。
この粘土は無言で意のままになり、笑いも泣きもしない。
こねられはするが、焼いて固められはしない。

いつかは石に硬化し、永続する！
そういうあこがれがわれらの胸中に永遠に働いている。
だが、不安な身震いが永遠に残るばかりだ。
そしてわれらの途上においては、休息となることはない。

けれどもひそかに私たちはこがれる

Klage

優美に、精神的に、唐草模様《からくさ》のように微妙に、
私たちの命は、妖女《ようじょ》の命のように、
静かに踊りつつ虚無のまわりを旋回するように見える、
私たちが存在と現在とを犠牲にささげた虚無のまわりを。
息吹《いぶ》きのように軽く、清い調子の
夢の美しさ、やさしい戯《たわむ》れよ、
おまえの陽気な表面の下ふかく、

夜と血と野蛮へのあこがれが微光を放っている。
空虚の中を、強《し》いられず、思いのままに
自由に私たちの命はいつも戯れの心構えで旋回する。
けれどもひそかに私たちはこがれる、現実に、
生産に、誕生に、悩みに、死に。

Doch heimlich dürsten wir......

シャボン玉

長い長い年月の研究と思想の中から
遅くなって一老人が晩年の著作を
蒸溜《じょうりゅう》させる。そのもつれたつるの中に
彼は戯れつつ甘い知恵を紡《つむ》ぎこんだ。
溢《あふ》れる情熱に駆られて、ひとりの熱心な学生が
功名心に燃え、図書館や文庫を

しきりとあさりまわって
天才的な深さのこもった青春の著作を編んだ。

ひとりの少年が腰かけて、わらの中に吹きこむ。
彼は色美しいシャボンの泡《あわ》に息を満たす。
泡の一つ一つがきらびやかに賛美歌のようにたたえる。
少年は心のありたけをこめて吹く。

老人も少年も学生も三人とも、
現世の幻の泡の中から
不思議な夢をつくる。それ自体は無価値だが、
その中で、永遠の光がほほえみつつ
みずからを知り、ひとしおたのしげに燃え立つ。

Seifenblasen

笛のしらべ

夜ふけて、茂みと木立ちの間に
あかあかと窓の輝く一軒の家、
そこに、見えない部屋の中に、
笛ふく人が立って吹いていた。

古いなじみの歌であった。
しみじみとやみの中に流れた。
どの国もがふるさとであるかのように、
どの道もが完結されでもしたかのように。

この世の秘められた意味が
彼の呼吸の中にあらわれていた。
そして心はいそいそと浸りきっていた。
そしてすべての時が現在となった。

Flötenspiel

悲しみ

きのうはまだ命の火に燃えていたものが、
きょうは死の手にゆだねられている。
花が一枚一枚、
悲しみの木から落ちる。

花の落ちつづけるのが見える、
雪が私の小みちに落ちるように。
足おとはもはやひびかない、
長い沈黙が近づく。

空には星がなく、
心にはもう愛がない。
灰いろの遠いかなたが沈黙し、
世界は老い、空虚になる。

こういう悪い時勢に
だれが自分の心を守ることができよう?
花が一枚一枚
悲しみの木から落ちる。

Traurigkeit

平和に向って

一九四五年復活祭、バーゼル放送局の休戦祝典のために

憎しみの夢と血の乱酔から目ざめたばかりで、
まだ戦争の電光と殺人の騒音に
目は見えず、耳は聞えず、
身の毛のよだつようなあらゆることになずんでいるが、
疲れはてた戦士は
恐ろしい日々の営みをやめて、
武器から離れる。

「平和！」とひびく、
おとぎ話の中からのように、子どもの夢の中からのように。
「平和！」だが、心は敢《あ》えて喜ぼうとしない。
心には涙のほうがずっと近いのだ。

私たち哀れな人間は
善いことも悪いこともできる。
動物であると同時に神々なのだ！
苦しみと恥とが、きょうはまだ
私たちをなんと地面におしつけることだろう！

だが、私たちは希望する。私たちの胸の中には
愛の奇跡の
燃える予感が生きている。
兄弟よ！　私たちにとっては、
精神に向って、愛に向って、帰る道が、

すべての失われた天国に向って、通じる門が、
開かれている。

欲せよ！　望めよ！　愛せよ！
世界は再び君たちのものになった。

Dem Frieden entgegen

あとがき

ヘッセは少年のころから、ひたすら詩人になりたいと願った。詩人になるのでなければ、何にもなりたくない、とさえ思った。だが、役人や商人や技術家になるためには、そして音楽家や画家のような芸術家になるためにも、学校やいろいろな施設がある。しかし、詩人を養成するための施設はどこにもない。詩人になるものは、自分ひとりの、危険な道を進まなければならない。ヘッセはその道を歩んだ。そして苦難ののち詩人になった。その過程は『車輪の下』や『ペーター・カーメンチント』などに描かれている。

その詩人というのは、創作家の意味で、小説家をも含めている。そしてヘッセがノーベル賞を得たのも、主として小説によってであるが、彼は狭い意味での詩人としても、独特な、きわめてすぐれた叙情詩人である。疑いもなく、現代ドイツを代表する詩人の一人である。しかもその淡々としひょうひょうとした風格は、われわれ日本人の心に深く共鳴するものをそなえている。

ヘッセの詩の数はかなり多い。次に記すように、幾種もの詩集が出ているが、一九四二年にそれらを集大成した詩集(*Die Gedichte von Hermann Hesse, Fretz & Wasmuth Verlag Zürich*)

が出た。その最新版には、第二次大戦後の詩も採り入れられている。この訳書はこの本によっている。従って、ヘッセが十八歳の時（一八九五年）の詩から戦争直後の詩に及んでいる。もちろん訳は抜萃《ばっすい》である。全体はこの三倍以上になるであろう。しかし、これだけでも、ヘッセの詩を味わうには、大体ことたりるであろう。ヘッセ自身も詩全集を編むに際し、抜萃でもよいのだが、という意味のことを言っている。

排列は大体原本によっているが、抜萃であるため、ごく僅《わず》か前後したところがある。それは、もとの個々の詩集をも参照した上での配慮である。訳者はさきに『ヘッセ詩集』（新潮社、一九四二年）を出したが、それは個々に出た「詩集」、「孤独者の音楽」、「夜の慰め」、「新詩集」から直接訳出したもので、それはそれとして今なお意味を持つであろう。本書は、一応各詩集のわくをはずして、全く年代順になっているが、それでもやはり、もとの詩集が基礎になっているし、それにただ年代をあげただけでは親しみも薄いから、右記の詩集によって小みだしをつけておいた。各々の詩集の中の詩は必ずしも年代順になっていないから、既訳『ヘッセ詩集』とくらべて、本書の分け方に違いがあるのはやむを得ないが、ともかく本書はヘッセ詩全集の縮図としての役割を果すであろう。

この詩集のもとになっている個々の詩集は以下のとおりである。これはヘッセの全詩業でもある。

ロマン的な歌（*Romantische Lieder*, 1898）
詩　　集（*Gedichte*, 1902）後に「青春詩集」（*Jugend-Gedichte*, 1950）と改題
途　　上（*Unterwegs*, 1911）
途上、第二版（*Unterwegs*, 1915）
孤独者の音楽（*Musik des Einsamen*, 1915）
画家の詩、作者の水彩画と詩十編（*Gedichte des Malers*, 1920）
詩　選　集（*Ausgewählte Gedichte*, 1921）
危　　機（*Krisis*, 1928）
夜の慰め（*Trost der Nacht*, 1929）
四季（自家出版）（*Jahreszeiten, Privatdruck*, 1931）
生命の木から（詩選集）（*Vom Baum des Lebens*, 1933）
新　詩　集（*Neue Gedichte*, 1937）
詩十編（自家出版）（*Zehn Gedichte, Privatdruck*, 1939）
全　詩　集（*Gedichte*, 1942）
花咲く枝（詩選集）（*Der Blütenzweig*, 1945）

一九五〇年十月

この訳詩集は一九五〇年に出て、版を重ね、改訂もしたが、その後ヘッセは死ぬ前年に、古い詩の選集に晩年の詩を加えた「階段」を出した。

階段（古い詩と新しい詩との選集）(*Die Stufen, 1961*)

晩年の詩（遺作を含む）(*Die späten Gedichte, 1963*)

「階段」は、同じ訳者が『さすらいのあと』という題名で一九六二年に新潮社から出した。それは別に版権を取得したので、本訳書にはその部分と晩年の詩と遺作とは収められていない。その部分は『さすらいのあと』及びヘッセ全集第十巻（一九八三年）の「階段」の部分に収められている。

一九九一年二月

編　訳　者

ヘッセ
高橋健二訳

春の嵐

ノーベル文学賞受賞

暴走した橇と共に、少年時代の淡い恋と健康な左足とを失った時、クーンの志は音楽に向った……。幸福の意義を求める孤独な魂の歌。

ヘッセ
高橋健二訳

デミアン

主人公シンクレールが、友人デミアンや、孤独な神秘主義者の音楽家の影響を受けて、真の自己を見出していく過程を描いた代表作。

ヘッセ
高橋健二訳

車輪の下

子供の心を押しつぶす教育の車輪から逃れようとして、人生の苦難の渦に巻きこまれていくハンスに、著者の体験をこめた自伝的小説。

ヘッセ
高橋健二訳

青春は美わし

二十世紀最大の文学者といわれるヘッセの、青春時代の魂の記録。孤独な漂泊者の郷愁が美しい自然との交流の中に浮びあがる名作。

ヘッセ
高橋健二訳

クヌルプ

漂泊の旅を重ねながら自然と人生の美しさを見出して、人々に明るさを与えるクヌルプ。その姿に永遠に流浪する芸術家の魂を写し出す。

ヘッセ
高橋健二訳

郷愁

都会での多くの経験の後で、自然の恵み深い故郷の小さな町こそ安住の地と悟った少年に、作者の自画像を投影させたヘッセの処女作。

ヘッセ
高橋健二訳
知と愛

ナルチスによって、芸術に奉仕すべき人間であると教えられたゴルトムント。人間の最も根源的な欲求である知と愛を主題とした作品。

ヘッセ
高橋健二訳
シッダールタ

シッダールタとは釈尊の出家以前の名である。本書は、悟りを開くまでの求道者の苦行を追いながら、著者の宗教的体験を語った異色作。

ヘッセ
高橋健二訳
荒野のおおかみ

複雑な魂の悩みをいだく主人公の行動に託し、機械文明の発達に幻惑されて己れを見失った同時代人を批判した、著者の自己告白の書。

ヘッセ
高橋健二訳
メルヒェン

おとなの心に純粋な子供の魂を呼びもどし、清らかな感動へと誘うヘッセの創作童話集。「アウグスツス」「アヤメ」など全8編を収録。

ヘッセ
高橋健二訳
幸福論

多くの危機を超えて静かな晩年を迎えたヘッセの随想と小品。はぐれ者のからすにアウトサイダーの人生を見る「小がらす」など14編。

高橋健二訳
ゲーテ詩集

人間性への深い信頼に支えられ、世界文学史上に不滅の名をとどめるゲーテの、抒情詩を中心に代表的な作品を年代順に選んだ詩集。

ボードレール
三好達治訳

巴里の憂鬱

パリの群衆の中での孤独と苦悩を謳い上げた50編から成る散文詩集。名詩集「悪の華」と並んで、晩年のボードレールの重要な作品。

堀口大學訳

ボードレール詩集

独特の美学に支えられたボードレールの詩的風土――「悪の華」より65編、「巴里の憂鬱」より7編、いずれも名作ばかりを精選して収録。

ボードレール
堀口大學訳

悪の華

頽廃の美と反逆の情熱を謳って、象徴派詩人のバイブルとなったこの詩集は、息づまるばかりに妖しい美の人工楽園を展開している。

堀口大學訳

ランボー詩集

未知へのあこがれに誘われて、反逆と放浪に終始した生涯――早熟の詩人ランボーの作品から、傑作「酔いどれ船」等の代表作を収める。

富士川英郎訳

リルケ詩集

現代抒情詩の金字塔といわれる「オルフォイスへのソネット」をはじめ、二十世紀ドイツ最大の詩人リルケの独自の詩境を示す作品集。

上田敏訳詩集

海潮音

ヴェルレーヌ、ボードレール、マラルメ……ヨーロッパ近代詩の翻訳紹介に力を尽し、日本詩壇に革命をもたらした上田敏の名訳詩集。

林檎の樹
ノーベル文学賞受賞

ゴールズワージー
渡辺万里訳

若き日の思い出の地を再訪した初老の男。その胸に去来するものは、花咲く林檎の樹の下で愛を誓った、神秘に満ちた乙女の面影……。

アドルフ

コンスタン
新庄嘉章訳

田舎の生活に倦む青年アドルフを主人公に、情熱を燃した恋でも、それが成就するや急速に冷えてしまう心のエゴイズムを捉えた名作。

青い麦

コレット
堀口大學訳

ブルターニュの海岸に毎年避暑に訪れる少年フィルと清純な少女ヴァンカ——二人の間に芽ばえ始めた異性愛をみずみずしく描き出す。

白雪姫
—グリム童話集(Ⅰ)—

グリム
植田敏郎訳

ドイツ民衆の口から口へと伝えられた物語に愛着を感じ、民族の魂の発露を見出したグリム兄弟による美しいメルヘンの世界。全23編。

ヘンゼルとグレーテル
—グリム童話集(Ⅱ)—

グリム
植田敏郎訳

人々の心に潜む繊細な詩心をとらえ、芸術的に高めることによってグリム童話は古典となった。「森の三人の小人」など、全21編を収録。

ブレーメンの音楽師
—グリム童話集(Ⅲ)—

グリム
植田敏郎訳

名作「ブレーメンの音楽師」をはじめ、「いばら姫」「赤ずきん」「狼と七匹の子やぎ」など、人々の心を豊かな空想の世界へ導く全39編。

ゲーテ
高橋義孝訳
若きウェルテルの悩み
ゲーテ自身の絶望的な恋の体験を作品化した書簡体小説。許婚者のいる女性ロッテを恋したウェルテルの苦悩と煩悶を描く古典的名作。

ゲーテ
国松孝二訳
ヘルマンとドロテーア
フランス革命による避難民の娘ドロテーアと富裕な市民の息子ヘルマンの愛を中心に、新しい平和な生活の建設をめざす若者を描く。

ゲーテ
高橋義孝訳
ファウスト
(一・二)
悪魔メフィストーフェレスと魂を賭けた契約をして、充たされた人生を体験しつくそうとするファウスト——文豪が生涯をかけた大作。

ジッド
山内義雄訳
狭き門
ノーベル文学賞受賞
地上の恋を捨て天上の愛に生きるアリサ。死後、残された日記には、従弟ジェロームへの想いと神の道への苦悩が記されていた……。

ジッド
神西清訳
田園交響楽
彼女はなぜ自殺したのか？　待ち望んでいた手術が成功して眼が見えるようになったのに。盲目の少女と牧師一家の精神の葛藤を描く。

ジッド
堀口大學訳
一粒の麦もし死なずば
虚弱児で神経過敏だった少年時代の悪夢のような日々、アルジェリアで初めて知った背徳の快楽……自分の姿を赤裸々に告白した一巻。

シュトルム
高橋義孝訳
みずうみ
故郷を離れている間に友人と結婚した恋人に、美しい湖のほとりで再会した青年の想いを綴る表題作など、詩情あふれる美しい恋の物語。

J・ジュネ
朝吹三吉訳
泥棒日記
倒錯の性、裏切り、盗み、乞食……前半生を牢獄におくり、言語の力によって現実世界の価値を全て転倒させたジュネの自伝的長編。

ゾラ
川口篤
古賀照一訳
ナナ（上・下）
美貌と肉体美を武器に、名士たちから巨額の金を巻きあげ破滅させる高級娼婦ナナ。第二帝政下の腐敗したフランス社会を描く傑作。

ディケンズ
中野好夫訳
二都物語（上・下）
フランス革命下のパリとロンドン――燃え上がる革命の炎の中で、二つの都にくりひろげられる愛と死のドラマを活写した歴史ロマン。

デュマ・フィス
新庄嘉章訳
椿姫
椿の花を愛するゆえに〝椿姫〟と呼ばれる、上品で美しい娼婦マルグリットと、純情多感な青年アルマンとのひたむきで悲しい恋の物語。

デュ・モーリア
大久保康雄訳
レベッカ（上・下）
英国の名家に後妻として迎えられた〝わたし〟を待ち受けていた先妻レベッカの霊気――古城に恐怖と戦慄の漂うミステリー・ロマン。

新潮文庫最新刊

林美一著
江戸艶本《えほん》を読む
直截な表現と性描写、エロティックな春画の挿絵等、江戸の底力漲る艶本の世界。秘蔵のコレクションより41編を第一人者が解説紹介。

沢木耕太郎著
深夜特急 3
—インド・ネパール—
風に吹かれ、水に流され、偶然に身をゆだねて、やっとインドに辿り着いた。街中で日々遭遇する生と死のドラマに、〈私〉は——。

沢木耕太郎著
深夜特急 4
—シルクロード—
猛スピードで突っ走るバスで、シルクロードを一路西へ。ヒッピー宿の客引きをしたり、なつかしい人と再会したり。旅は佳境へ！

小林信彦著
ハートブレイク・キッズ
運がいいのか悪いのか……。二十三歳のフリーライター・川村絵理が送るすったもんだの三カ月を描いた、ロマンティック・コメディ。

宮脇檀著
住まいとほどよくつきあう
「いかに住まうか」は「いかに生きるか」ということ。豪邸の夢やワンルームの生活ではない、美しく住まうための建築家からの提案集。

池澤夏樹著
南鳥島特別航路
絶海の孤島、漆黒の大鍾乳洞、広大な珊瑚礁——大自然の豊かな造形を綴る東西三千キロ、南北二千五百キロに及ぶ日本列島探査の旅。

Author : Hermann Hesse

ヘッセ詩《し》集《しゆう》

新潮文庫　　ヘ - 1 - 19

昭和二十五年十二月 五 日 発 行
平成 三 年十 月二十五日 八十四刷改版
平成 六 年 四 月 二 十 日 八 十 九 刷

訳者　高《たか》橋《はし》健《けん》二《じ》

発行者　佐藤亮一

発行所　株式会社 新潮社

郵便番号 一六二
東京都新宿区矢来町七一
電話 営業部(〇三)三二六六―五一一一
　　 編集部(〇三)三二六六―五四四〇
振替 東京四―八〇八番

価格はカバーに表示してあります。

乱丁・落丁本は、ご面倒ですが小社読者係宛ご送付ください。送料小社負担にてお取替えいたします。

印刷・錦明印刷株式会社　製本・錦明印刷株式会社

ISBN4-10-200119-0 C0198